Die drei ???

und das Phantom aus dem Meer

Die drei ???

und das Phantom aus dem Meer

Erzählt von Marco Sonnleitner

KOSMOS bei CARLSEN

Unter anderem in der Reihe *Die drei ???* im Carlsen Verlag lieferbar:
Die drei ??? und das blaue Biest
Die drei ??? und der grüne Geist
Die drei ??? und das Riff der Haie / Im Bann des Drachen (Doppelband)
Die drei ??? und der verschollene Pilot
Die drei ??? – Insel des Vergessens
Die drei ??? – Schattenwelt (Dreifachband)
Die drei ??? – Schauriges Spiel (Dreifachband)
Die drei ??? – Stille Nacht, düstere Nacht
Die drei ??? – Zeit der Bestien (Dreifachband)

Die drei ??? Dein Fall – Das Rätsel der Smart City
Die drei ??? Dein Fall – Die weiße Anakonda
Die drei ??? Dein Fall – Hotel der Diebe
Die drei ??? Dein Fall – Höllenfahrt
Die drei ??? Dein Fall – Wüstenfieber

FSC
www.fsc.org
MIX
Papier | Fördert gute Waldnutzung
FSC® C021394

Wir produzieren nachhaltig
- Klimaneutrales Produkt
- Papiere aus nachhaltigen und kontrollierten Quellen
- Hergestellt in Europa

Veröffentlicht in der Carlsen Verlag GmbH
Völckersstraße 14–20, 22765 Hamburg
Juli 2021
Mit freundlicher Genehmigung des Franckh-Kosmos Verlages
und der Universität Michigan

Based on characters by Robert Arthur
Umschlagbild: Helge Vogt, trickwelt.com
Umschlaggestaltung: formlabor
ISBN 978-3-551-31979-1

Die drei ???

und das Phantom aus dem Meer

Peter in Not

»Ich wünschte, ich wäre ein Geist.« Bob blickte in den alten Spiegel und seufzte.

Justus sah zur Seite. Seinem Gesichtsausdruck nach zu urteilen war er schon mal besser gelaunt gewesen. Viel besser. »Wieso?«, brummte er.

»Erinnerst du dich noch an das Marriott Mystery House? In dem es nur drei Spiegel gab, weil Geister angeblich verschwinden, wenn sie ihr eigenes Spiegelbild sehen?«

»Ja.«

»Deswegen wäre ich jetzt gerne ein Geist. Dann könnte ich verschwinden und müsste mich nicht mit diesem Haufen alter Spiegel herumschlagen, die deine Tante für uns ausgegraben hat.«

Der Schrottplatz der Familie Jonas war zwar in mancherlei Hinsicht ein Paradies für Justus und seine beiden Freunde: ihre Zentrale, die Freiluftwerkstatt, die Geheimgänge, mittels derer man sich ungesehen aus dem Staub machen konnte, das ganze Gerümpel, unter dem man sich verstecken oder das man zu irgendeinem Detektiv-Gerät umbauen konnte – all das war toll. Weniger toll war allerdings, dass sie sich ab und zu nützlich machen mussten, wenn sie die Vorzüge des Schrottplatzes weiterhin genießen wollten. Und dazu gehörte heute, jeden alten Spiegel, der sich auf dem Gelände fand, wieder auf Vordermann zu bringen, damit ihn Tante Mathilda und Onkel Titus gewinnbringend weiterverkaufen konnten.

»Aua!« Justus zuckte zusammen, weil er mit dem Bein an den Haufen Brennnesseln gekommen war, der neben ihm lag. »Und Brennnesseln würden uns als Geistern vermutlich auch nichts ausmachen.«

»Brennnesseln!« Der dritte Detektiv schüttelte den Kopf. »Wer hätte das gedacht, dass man mit Brennnesselwasser alte Spiegel wieder auf Vordermann bringen kann? Deine Tante sollte ein Buch über Haushaltstipps schreiben.«

»Oder darüber, wie man den eigenen Neffen und dessen Freunde quält.« Justus zog seine Gummihandschuhe aus und warf sie auf einen der Spiegel. »Ich brauche jetzt mal eine Pause. Wenn ich meine Nase noch länger verschwommen und verzerrt sehe, bekomme ich Komplexe.«

»Eine Pause wäre fantastisch.« Bob blickte sich um. »Und im Moment scheint die Luft auch rein zu sein.«

»Dann nichts wie los!«

Aber die Jungen kamen nicht weit. Auf dem Weg zur Freiluftwerkstatt holte sie ein lauter, wohlbekannter Ruf ein: »Justus! Bob! Ihr wollt doch wohl noch keine Müdigkeit vorschützen, oder?«

Justus und Bob tauschten einen resignierten Blick aus. »Auf diese Idee würden wir nie kommen«, rief der Erste Detektiv. Er drehte sich langsam um und lächelte so tapfer wie möglich. »Wir wollten uns nur eine kleine Stärkung holen.«

»Aus eurem Verlies unter dem Schrotthaufen? Aus dem ihr

nie mehr auftaucht, wenn ihr mal darin verschwunden seid?«
Tante Mathilda nickte dorthin, wo sie unter einem Berg von Altmetall den alten Campinganhänger vermutete, in dem sich die Zentrale der drei ??? befand.
»Kommt gar nicht infrage. Die Spiegel müssen bis morgen Abend fertig sein, wir haben schon einen Käufer für sie. Ich habe leckeren Kräutertee im Kühlschrank und ausgezeichnete Haferkekse, die ich eben aus dem Ofen geholt habe. Ein neues Rezept ohne Milch, Eier und Butter. Davon könnt ihr gerne etwas haben und danach macht ihr beiden Hübschen euch wieder hurtig an die –«
Das Telefon unterbrach Tante Mathilda. »Ich seh mal, wer das ist.«
Justus und Bob sahen sich an. Haferkekse. Ohne Milch, Eier und Butter. Das staubte schon, wenn man nur daran dachte. Kurz darauf war Tante Mathilda zurück. Und machte einen reichlich verwirrten Eindruck.
»Das ist Peter … am Apparat. Und er hört sich irgendwie … seltsam an.«
Justus eilte ins Haus und Bob folgte ihm auf dem Fuß.
»Peter?«, rief Justus in den Hörer. »Wo steckst du denn?«
»Just, Gott sei Dank.« Peter klang, als wäre eine rasende Büffelherde über ihn hinweggedonnert.
»Zweiter! Was ist los? Du hörst dich schrecklich an!«
»Ich höre mich gleich noch viel schrecklicher an, wenn ihr euch nicht sofort auf den Weg macht.«

Die letzte Brücke vor Lovers Point, auf der nördlichen Seite des Wakecrest-Canyons. So hatte er es ihnen beschrieben. Aber Justus konnte ihn einfach nicht entdecken.
»Peter! Ich sehe dich nicht! Wo bist du?«
»Hier unten!«, drang es aus dem Hörer. »Beeilt euch! Ich kann mich nicht mehr lange halten!«
Der Erste Detektiv blickte den Abhang hinunter. Steine, Felsen, karges Gestrüpp. Irgendwo dort unten musste Peter sein. Er hörte ihn, aber er sah ihn nicht.
»Peter?«, rief Bob ins Handy und beugte sich noch ein Stück weiter über das Geländer. »Wir stehen genau am Anfang der Brücke.«
»Ein Stück rechts davon!«, vernahmen sie wieder Peters Stimme. Er musste wirklich ziemlich weit da unten sein. Und er schien Schmerzen zu haben. »Seht ihr nicht die Spur? Leute, ich kann nicht mehr! Und der Baum, an dem ich hänge, auch nicht!«
»Halt durch, Zweiter!« Justus konzentrierte sich auf den Bereich direkt unterhalb des Weges. Und dann sah er es. Eine Schleifspur. Dort musste Peter hinabgerutscht sein. »Ja! Ich hab die Spur! Warte!«
Die beiden Jungen liefen auf dem Weg ein paar Meter zurück und schauten wieder in den Canyon hinunter. Gestrüpp, Felsen, Erde – und etwas Rotes!
»Peter!« Bob drängte sich wieder an das Handy. »Ich sehe was Rotes! Hast du was Rotes an?«
»Ja! War mal 'n T-Shirt. Ich kann nicht mehr lange, Kollegen!«
»Okay! Wir holen dich rauf!«, rief Justus nach unten. »Wir sind gleich da!«

»Gut. Macht schnell!«
Bob verknotete das Seil am Geländer und wickelte es sich einmal um die Hüfte. Dann stellte er sich mit dem Rücken zum Abhang. »Drück uns die Daumen, Just!«
»Alle, die ich habe. Seid vorsichtig!« Justus versuchte ein aufmunterndes Lächeln. Aber die Sorge um seine Freunde war ihm deutlich anzumerken.
Der dritte Detektiv machte sich auf den Weg in die Schlucht. Schritt um Schritt hangelte er sich den steilen Abhang hinab. Er durfte gar nicht daran denken, dass Peter hier hinuntergeschlittert war. Schon mit Seil war das alles andere als ungefährlich. Ohne Seil war es mörderisch.
Bob schätzte, dass Peter mindestens dreißig Meter tiefer lag. Zum Glück hatten sie das Fünfzig-Meter-Seil dabei. Aber was erwartete ihn da unten? Hatte sich Peter verletzt? Vielleicht sogar etwas gebrochen? Am Telefon hatte er davon nichts gesagt. Und er hätte sie doch bestimmt gebeten, den Notarzt mitzubringen, wenn er sich ernstlich wehgetan hätte, oder? Bob verdrängte den Gedanken und arbeitete sich weiter nach unten. Er achtete dabei ganz besonders darauf, keine größeren Steine loszutreten, die Peter treffen könnten. Das war nicht einfach. Der Hang war so steil, dass alles, was man nur antippte, ins Rutschen und Rollen geriet.
Es dauerte eine Ewigkeit, bis Bob endlich Peters T-Shirt wenige Meter unter sich entdeckte. Ein kleiner Baum hatte Peters Fall gestoppt. »Bin gleich bei dir!«, rief er in die Tiefe.
»Wird auch Zeit, die Wurzeln –« Peter stieß einen entsetzten Schrei aus.

»Was ist los?« Der dritte Detektiv starrte nach unten.

»Bob! Der Baum! Er gibt nach! Beeil dich! Mach schon!«

»Oh, verdammt!« Bob lockerte seinen Griff und seilte sich so schnell ab, wie es ihm möglich war.

»Bob!«

»Ja, ich mach ja schon!« Das Seil surrte durch Bobs Hände. Es brannte auf seiner Haut wie Feuer.

»Bob!«

Der dritte Detektiv blickte über seine Schulter nach unten. Peter hing in einer kleinen Kiefer. Irgendwie hielt er sich dort mit Händen und Füßen fest. Aber das Bäumchen hatte sich unter seinem Gewicht schon gefährlich weit in die Schlucht geneigt. Und als Bob zur Wurzel blickte, konnte er förmlich zusehen, wie sie aus dem steinigen Erdreich glitt. Es war nur eine Frage von Sekunden, bis …

Bob machte noch zwei große Sprünge die Wand hinab, dann war er neben Peter. Keinen Moment zu früh. Ihre Blicke trafen sich in dem Augenblick, als die Wurzel mit einem hässlichen Knirschen riss und der Baum in den Canyon kippte.

»Verdammt!«, schrie Peter.

»Hab ich dich!« Bob packte seinen Freund am Hosenbund, während der Baum polternd den Canyon hinunterrutschte.

»Was ist da unten bei euch los?«, rief Justus von oben.

»Alles klar!« Bob bugsierte Peter näher an den Hang. »Ich hab ihn!«

»Super!«

Peter stützte sich an der Canyon-Wand ab und griff nach dem Seil. »Das war haarscharf!«

Der Mann im Meer

Fünfzehn Minuten später hatten die beiden Jungen den Weg erreicht und wieder festen Boden unter den Füßen. Insbesondere für Peter war der Aufstieg enorm mühsam gewesen. Der Sturz, das lange Ausharren auf dem Bäumchen und die Angst hatten an seinen Kräften gezehrt. Aber die Aussicht, bald in Sicherheit zu sein, hatte seine letzten Reserven mobilisiert und mit Bobs Hilfe war es ihm schließlich gelungen, den Hang hinaufzuklettern.

»Hallo, Zweiter!« Justus nahm Peter in Empfang. »Schön, dass du wieder bei uns bist.«

»Seh ich auch so.« Peter atmete erst einmal kräftig durch.

Justus sah an seinem Freund hinab und betrachtete dessen Abschürfungen an Armen und Beinen. »Meine Güte, du siehst wirklich ziemlich mitgenommen aus. Bist du sicher, dass dir nichts fehlt?«

Peter bedachte seinen Freund mit einem schiefen Grinsen. »Noch alles dran, halb so wild. Und wenn es nach mir ginge, könnte ich gar nicht mitgenommen genug aussehen.«

Bob sah ihn verwirrt an. »Wie … meinst du das?«

»Ich sage nur: Texas Lamarque!«

Auf dem Weg nach Hause erfuhren Justus und Bob die ganze Geschichte. Kurz vor Lovers Point war Peter auf seiner Jogging-Runde auf eine Gruppe von fünf Mädchen gestoßen.

Und es hatte keine drei Sekunden gedauert, bis ihnen klar gewesen war, dass Texas Lamarque vor ihnen stand: der neue Shooting-Star Hollywoods, der umjubelte Held von Blockbustern wie »Allein unter Haien« oder »Die Nacht des Werwolfs«. Texas Lamarque! Hier in Rocky Beach! Am Lovers Point!

Und Peter hatte keine drei Sekunden gebraucht, um zu wissen, dass er besser die Beine in die Hand nahm, als diese fünf Teenager zu überzeugen, dass er nicht Texas Lamarque war. Er wusste das, weil er in jüngster Vergangenheit schon einige sehr anstrengende und zeitaufwendige Diskussionen hatte führen müssen, in denen er Fans ebendas hatte erklären wollen. Rennen war besser. Viel besser.

Doch dann war da dieser vermaledeite Stein auf dem Weg gewesen, der ihn den Abhang hinabgeschickt hatte. Und noch ein Stein oder was auch immer, der ihn für einige Zeit ausgeknockt hatte. Gerade so lange, dass seine Fans die Hilferufe nicht mehr hatten hören können. Und andere Menschen waren keine mehr vorbeigekommen.

»Die Mädchen hätten doch die Rutschspuren sehen müssen«, wunderte sich Bob. »Oder eine Staubfahne.«

Der Zweite Detektiv zuckte die Schultern. »Die waren offenbar so auf Texas fixiert, dass sie für alles andere keinen Blick hatten.«

»Warum hast du eigentlich im Haus angerufen und nicht in der Zentrale?«, fragte Justus, während sie auf Bobs Käfer zuliefen.

»Hab ich ja, aber in der Zentrale war keiner.«

Der dritte Detektiv öffnete die Beifahrertür und ließ Peter

einsteigen. »Du siehst diesem Lamarque aber auch zum Verwechseln ähnlich. Fast noch mehr als Justus damals Ian Carew. Hätte ich nicht schon Jahre mit dir unter Schrottbergen verbracht, würde ich mir bei deinem Anblick sicher auch die Augen reiben.«

Peter seufzte. »Ich kann nur hoffen, dass dem Typen möglichst bald eine zweite Nase wächst. Oder mir.«

Justus und Bob lachten.

Der dritte Detektiv schlug den kürzesten Weg zu Peter nach Hause ein, doch zu ihrer Überraschung bat der Zweite Detektiv darum, zum Schrottplatz zu fahren: Er wolle sich in der Zentrale erst etwas aufhübschen, ansonsten müsse er seiner Mutter zu viel erklären.

»Ich weiß, was du meinst«, sagte Bob mit einem kurzen Blick auf seinen Freund und setzte den Blinker.

Sicherheitshalber betraten die drei ??? den Schrottplatz über das Rote Tor. Während sich Peter in ihrem Wohnwagen säuberte und seine Wunden versorgte, lief Justus zum Haus und suchte ein paar Kleidungsstücke für seinen Freund zusammen. Tante Mathilda und Onkel Titus waren einkaufen, wie ihm ein Zettel auf dem Küchentisch verriet. Er nahm noch eine Packung Orangensaft für Peter aus dem Kühlschrank und machte sich wieder auf den Weg zur Zentrale.

Doch als er das Haus verließ, stand auf dem Schrottplatz ein Mann und sah sich unsicher um. Ein Kunde? Der Erste Detektiv ging zu ihm.

»Kann ich Ihnen helfen?«

Der Mann drehte sich um. Er war um die vierzig Jahre, hatte

etwas abstehende Ohren und ausgeprägte Geheimratsecken.
»Ähm, ja, vielleicht. Bist du Justin Jonas?«
»Justus Jonas, ja.«
»Justus, natürlich. Ich bin Harry, Harry Salas.« Salas gab Justus die Hand und lächelte verzagt. »Also, ich bin hier … ich meine, hättet ihr vielleicht einen Augenblick Zeit für mich? Oder störe ich gerade?«
»Sie wissen von Peter und Bob?«
Salas nickte. »Christine Harkinson. Sie hat mir von euch erzählt.« Salas sah für einen Moment zu Boden. »Und Christine meinte, dass ihr mir … uns … vielleicht helfen könnt.«
Justus erinnerte sich sofort an Christine Harkinson und den Fall um den toten Mönch. Der Mann war also nicht hier, um Gebrauchtwaren zu erstehen. »Verstehe. Warten Sie bitte einen Moment. Ich sage Peter und Bob Bescheid, dann können Sie uns erklären, worum es geht.«
Wenige Minuten später saßen die drei ??? und Harry Salas um einen alten Klapptisch herum, den Justus bei den Gartensachen gefunden hatte. Sicherheitshalber hatten sie sich hinter das Haus unter den Kirschbaum verzogen. Tante Mathilda und Onkel Titus kamen bestimmt bald zurück.
»Nun, was können wir für Sie tun, Mr Salas?« Justus sah den Mann gespannt an. Auch Peter und Bob waren neugierig, warum Salas ihre Hilfe brauchte.
»Also, ich bin Schiffsschreiner und lebe mit meinem Sohn Colin in Paradise Cove. Das liegt –«
»In der Nähe von Malibu«, sagte Peter. »Ich bin auf meinen Radtouren schon ein paarmal dran vorbeigefahren.«

»Richtig. Dann kennst du vielleicht auch unseren Strand?«
Der Zweite Detektiv schüttelte den Kopf. »Nein, da war ich noch nicht.«
»Okay.« Salas benetzte nervös die Lippen. Wieder zögerte er. »Also, Colin war vorgestern Abend dort. Er sammelt gerne Treibgut, müsst ihr wissen. Altes Holz vor allem, und einmal hat er sogar schon –« Salas brach ab. »Was rede ich da? Entschuldigt, ich bin etwas … nervös. Also, Colin ist dort alleine am Strand herumgelaufen und dann hat er –« Wieder hörte er mitten im Satz auf. »Ihr werdet mich sicher gleich für verrückt halten, wenn ihr hört, was ich zu sagen habe. Aber ich glaube Colin. Er ist ein guter Junge und … ich glaube ihm.«
»Mr Salas«, sagte Justus gelassen, »ich darf Ihnen versichern, dass wir schon so viele unglaubliche Geschichten gehört haben, dass uns kaum noch etwas überraschen kann. Sie können ganz offen sprechen.«
»Gut.« Salas schluckte. »Also, Colin schwört Stein und Bein, dass da ein Mann im Meer war. Vielmehr kam er aus dem Meer. Als würde er eine Treppe hinaufsteigen! Ein Mann mit dichtem, langem Bart und finsteren Augen. Der Mann hat ihm zugewinkt, sich umgedreht – und ist dann auf den unsichtbaren Stufen wieder zurückgegangen, bis er im Wasser verschwunden war.«
Die drei ??? sahen den Mann verblüfft an.
»Verstehe ich Sie richtig?«, fragte Peter. »Der Mann kam aus dem Meer und ist wieder reingegangen? Auf einer … Treppe?«
»So hat Colin es beschrieben.«
»Eine erstaunliche Geschichte«, meinte Justus. »Wie alt ist Colin denn?«

»Sechs. Aber Colin ist kein Junge, der einem Märchen auftischen würde«, sagte Salas. »So ist er nicht.«
»Haben Sie die Polizei eingeschaltet?«, wollte Bob wissen.
Salas druckste einen Moment herum. »Nein, ich … es … es klingt ja völlig verrückt. Ich denke nicht, dass mich die Polizei ernst genommen hätte.«
»Da mögen Sie recht haben«, sagte Justus.
Salas blickte die drei Jungen eindringlich an. »Aber da war was! Colin hat etwas gesehen. Und er weigert sich seit diesem Abend, nach draußen zu gehen. Er ist völlig verstört. Bitte! Irgendetwas Merkwürdiges geht vor in Paradise Cove! Und Christine meinte … ihr könntet … vielleicht …«
Die drei Jungen verständigten sich mit kurzen Blicken. Für jeden von ihnen stand fest, dass sie Salas helfen mussten. Der Mann war verzweifelt. Und die Geschichte, die er ihnen erzählt hatte, rief geradezu nach einem Einsatz der drei ???.
Der Erste Detektiv griff in seine Hosentasche, holte eine ihrer Visitenkarten heraus und überreichte sie Harry Salas. »Hier, bitte, Mr Salas. Wir werden die örtlichen Gegebenheiten einmal in Augenschein nehmen.«

Entsetzen im Paradies

Für den nächsten Tag planten die drei ??? erste Ermittlungen vor Ort. Allerdings gestaltete sich das schwieriger als erwartet. Peter musste zunächst zum Arzt, weil seine Mutter wollte, dass seine Tetanusimpfung aufgefrischt wurde, und Tante Mathilda bestand darauf, dass Justus und Bob die Arbeiten an den Spiegeln zu Ende brachten. Glücklicherweise rief um die Mittagszeit der Käufer an und teilte Tante Mathilda mit, dass er jetzt doch erst in zwei Tagen vorbeikommen könne.

»Aber morgen Abend sind die alle blitzeblank!«, schärfte sie den Jungen ein, als sie in Bobs Käfer stiegen. »Ich will jedes einzelne Barthärchen sehen, wenn dein Onkel da hineinsieht!«

»Versprochen!«, sagte Justus. Peter und Bob nickten.

»Dann los, ihr Racker!« Sie schüttelte den Kopf und musterte Peter, der immer noch reichlich zerschunden aussah. »Ich möchte ja gar nicht wissen, was ihr wieder vorhabt. Von wegen Knobelclub!«

Die drei lachten und schlossen die Türen. Bob fuhr los.

Die Fahrt nach Paradise Cove führte an der Küste entlang Richtung Norden und dauerte etwas mehr als dreißig Minuten. Kurz hinter Malibu zweigte ein schmales Sträßchen vom Highway ab und schlängelte sich zwischen kargen, felsigen Hängen hinunter zum Meer. Nach fünf weiteren Minuten bog Bob um eine Kurve und vor ihnen lag Paradise Cove.

»Nett!«, fand Peter.
»In der Tat ein recht malerischer Ort.« Auch Justus gefiel, was er sah.
Paradise Cove schmiegte sich mit vielen bunten Häusern in eine weite Bucht, die im Norden von einer gewaltigen Klippe begrenzt wurde, auf der ein alter Leuchtturm stand. Eine lange Steinmole zog sich hinaus ins Meer und schützte den kleinen Hafen, um den herum das Dorf im Laufe der Zeit gewachsen war.
Paradise Cove mochte früher einmal von der Fischerei gelebt haben, jetzt aber signalisierten die vielen Schilder am Straßenrand, dass der Tourismus die Haupteinnahmequelle der Dorfbewohner war. Makler und Privatleute boten Wohnungen, Häuser, Villen und Hausboote zur Miete an, überall sah man BED & BREAKFAST-Schilder.
Die drei ??? passierten die ersten Häuser und fuhren ins Ortszentrum. Nach wenigen hundert Metern erreichten sie einen halbrunden, gepflasterten Platz. Auf der dem Meer zugewandten Seite dümpelten einige Boote und kleinere Schiffe am Kai und auf der anderen reihten sich Souvenirläden, Kneipen und Cafés aneinander. Auch ein Restaurant konnten die Jungen ausmachen, das sich Goldene Galeone nannte.
»Ein typischer Ferienort«, sagte Peter. »Sehr idyllisch, aber doch sehr touristisch.«
»Die tun aber auch einiges, um den Leuten etwas zu bieten«, meinte Bob. »Die Häuser sind alle gut in Schuss, die Straßen und der Hafen sehr sauber. Ist sicher nicht billig, hier Urlaub zu machen.«

»DEAD MAN'S GRAVE«, las Justus auf einem Schild über einem besonders düster wirkenden Wirtshaus: Grab des toten Mannes. Auch ein Name, der bei den Touristen sicher gut ankam. »Ich schlage vor, Kollegen, dass wir zunächst einmal jenem ominösen Strand einen Besuch abstatten, an dem sich das merkwürdige Ereignis zugetragen hat. Mr Salas meinte, er würde sich nördlich an den Ort anschließen.«

»Okay.« Bob zuckelte in Schrittgeschwindigkeit über den Platz. »Und danach fahren wir zu Salas und unterhalten uns mit Colin.«

Auf der Fahrt durch Paradise Cove sahen die Jungen, wie der Ort auch in die Hügel hinaufreichte, die sich ins Landesinnere erstreckten. Dort oben standen vor allem größere Häuser und sogar ein Hotel. Doch allzu groß war Paradise Cove nicht, sodass sie bald den hinteren Teil der Bucht erreicht hatten.

Hier konnten sie aber nicht mehr weiterfahren. Die Klippen ließen nur einen schmalen Streifen bis zum Meer frei und ein großes Schild forderte dazu auf, den Wagen auf dem angrenzenden Parkplatz abzustellen. Der Strand durfte nur zu Fuß betreten werden. Der dritte Detektiv stellte seinen Käfer auf die fast leere Schotterfläche. Nur ein Wagen parkte noch hier, ein schnittiges BMW-Cabrio. Die drei ??? machten sich auf den Weg.

»Wow!«, stieß Peter hervor, als sie den schmalen Durchlass zwischen Steilküste und Meer hinter sich gelassen hatten. »Den Strand müssen wir uns merken. Wenn wir mal ein paar Tage relaxen wollen, kommen wir hierher. Sieht ja echt toll aus.«

Die zweite Bucht war wirklich ein Juwel. Zwischen einigen

wild gezackten großen Felsen breitete sich ein Strand aus, dessen Sand sehr fein und fast weiß war. Dahinter türmten sich bis zu dreißig Meter hoch die Klippen auf, über denen der rot-weiß geringelte Leuchtturm thronte. In den zerklüfteten Wänden erkannten die Jungen viele Spalten und Risse; an manchen Stellen sah es sogar so aus, als lägen Höhlen dahinter.

»Seht euch das Wasser an!«, rief Peter und lief zum Meeressaum. »Seht euch das an. Traumhaft!«

»Fast türkis«, meinte Bob. »Und glasklar.«

Justus sah nachdenklich aufs Meer hinaus. »Wirkt alles sehr friedlich und ruhig. Und doch soll sich genau hier etwas abgespielt haben, was dem idyllischen Eindruck dieser Bucht völlig widersprechen würde.«

»Siehst du irgendetwas?« Bob stellte sich neben seinen Freund. »Vielleicht gibt es da draußen ein Riff oder so. Und dieser geheimnisvolle Mann ist einfach nur auf dem Riff nach oben aus dem Wasser gestiegen. Colin könnte von der Sonne geblendet worden sein – oder seine Fantasie hat ihm einen Streich gespielt.«

»Salas meinte doch, dass sein Sohn nicht so der Fantasievolle wäre«, entgegnete Peter.

»Er sagte, Colin würde keine Lügenmärchen erzählen, das ist etwas anderes«, widersprach der Erste Detektiv. »Es gibt tatsächlich ein Riff vor Paradise Cove. Ich habe mir gestern im Internet alle verfügbaren Bilder der Bucht angesehen und in unserer Sammlung sogar noch eine alte Seekarte gefunden, auf der Paradise Cove verzeichnet ist. Aber das Riff mit dem klingenden Namen Devil's Tooth liegt etwa einen halben Kilometer weit draußen, also ein gutes Stück jenseits der Bucht. Und Salas hat uns ja berichtet, dass jene Gestalt dem Meer *innerhalb* der Bucht entstiegen ist.«

Bob nickte stumm.

Peter sah zum Himmel, blickte noch einmal aufs Meer hinaus und fasste dann einen Entschluss. »Wisst ihr was? Ich werde da mal rausschwimmen und mir die Sache vor Ort ansehen.« Der Zweite Detektiv zog sich sein Sweatshirt aus und knöpfte seine Jeans auf.

Justus sah seinen Freund zweifelnd an. »Peter, wir haben Dezember und nicht mehr als zwanzig Grad. Außerdem bist du verletzt.« Zu seiner Überraschung bemerkte er, dass der Zweite Detektiv unter seiner Jeans eine Badehose trug. »Und wieso hast du eine Badehose an?«

»Weil«, Peter hüpfte auf einem Bein, »ich so eine Ahnung hatte, dass es vielleicht nicht schlecht wäre, für genau diese Situation gerüstet zu sein. Und was den Dezember und meine Schürfwunden angeht ...«, er zwinkerte Justus zu, »du weißt doch: Nur die Harten kommen in den Garten! Hier, halt das mal!« Er drückte Justus Jeans und Sweatshirt in die Hand, zog sich Schuhe und Socken aus, holte noch seine Chlorbrille aus der Hosentasche und lief in die Brandung.

»Nur die Harten kommen in den Garten«, knurrte Justus und sah Bob an. »Und was sind dann bitte wir? Weichkäse?«

Peter fackelte nicht lange. Entschlossen ging er vorwärts, bis ihm das Wasser an die Hüfte reichte. Dann kühlte er sich kurz ab, hielt die Luft an und hechtete in die sanften Wellen. Ein paar Meter weiter tauchte er wieder auf, schüttelte sich das Wasser aus den Haaren und begann, gleichmäßig zu kraulen. Als er etwa fünfzig Meter weit draußen war, drehte er sich um und rief zum Strand: »Ich gehe jetzt mal auf Tauchstation!«

»Okay!« Justus winkte mit Peters Sweatshirt.

In den nächsten Minuten konnten die beiden Freunde vom Strand aus beobachten, wie Peter immer etwa dreißig, vierzig Sekunden unter Wasser blieb, kurz auftauchte, um Luft zu holen, und dann wieder in den Fluten verschwand. Der Zweite Detektiv ging dabei systematisch vor und suchte den Meeresgrund in Bahnen ab, die sich immer weiter vom Strand entfernten.

»Peter!«, rief daher Justus, als sein Freund wieder einmal aufgetaucht war. »Das reicht jetzt! Komm wieder rein!«

»Gleich!« Der Zweite Detektiv war kaum noch zu verstehen. »… bisschen … draußen … vielleicht … gesehen …«

»Was hat er gesagt?«, fragte Bob.

»Ich hab's nicht genau verstanden. Klang aber so, als hätte er was entdeckt.«

Peter tauchte wieder ab. Diesmal blieb er noch ein wenig länger unter Wasser. Bob spürte schon, wie sich ihm die Nackenhaare aufstellten, als Peters rotbrauner Schopf endlich wieder auf der Wasseroberfläche erschien.

»Gott sei Dank.« Bob formte die Hände zu einem Trichter und schrie, so laut er konnte: »Komm jetzt raus, Zweiter! Mach schon!«

Peter nickte und fing wieder an zu kraulen. Doch urplötzlich hielt er inne. Justus und Bob war, als hätte Peter einen kurzen

Schrei ausgestoßen. Hatte er geschrien? Hatte er? Was war da los?

Auf einmal begann der Zweite Detektiv zu kraulen, als wäre der Leibhaftige hinter ihm her. Wie Rotorblätter peitschten seine Arme durchs Wasser, seine Füße schlugen weiße Fontänen aus dem Meer.

»Peter!« Justus rannte zum Wasser.

»Verdammt!« Bobs Herz schlug bis zum Hals. »Peter! Peter, was ist?«

Und dann war Peter weg. Im Bruchteil einer Sekunde. Als hätte ihn ein gewaltiger Sog erfasst, war er auf einmal von der Wasseroberfläche verschwunden. Doch einen Herzschlag später tauchte er wieder auf, schrie wie am Spieß und wurde dann vollends in die Tiefe gerissen.

Der Schrecken der sieben Meere

Der Erste Detektiv rannte ins Wasser. »Peter!« Er drehte sich zu Bob um. »Siehst du ihn?«

»Nein.« Bob schirmte mit den Händen die Sonnenstrahlen ab. »Er war einfach weg! Weg!«

Und dann erschien ein Zettel vor Justus' innerem Auge. Er war auf das Schild neben dem Parkplatz gepinnt gewesen. Darauf war das Symbol eines großen Fisches zu sehen gewesen. Eines Hais. Hier draußen waren kürzlich Haie gesichtet worden!

Der Erste Detektiv erbleichte. »Bob! Haie. Hier gibt es Haie!«

Der dritte Detektiv schoss herum. »Woher –«

»Der Zettel! Vorne auf dem Schild hing eine Warnmeldung.«

Bob spürte, wie seine Knie nachgaben. Haie. Deswegen war Peter wie ein Verrückter geschwommen. »Peter …«

Justus rannte tiefer ins Wasser. Verzweifelt starrte er hinaus aufs Meer. Noch vor einer halben Minute hatte er dort draußen seinen Freund gesehen, Peter gesehen. Er hatte ihn rufen hören, lachen hören. Und dann …

Auf einmal brach eine riesige Flosse keine zehn Meter von ihnen entfernt durch das schillernde Wasser. Eine riesige hellbraune Flosse, die direkt auf sie –

Hellbraun?

»Uwah!«, machte Peter und hüpfte wie ein Springteufel aus

dem Wasser. Er prustete laut und sah seine Freunde vergnügt an. »Na? Bammel gehabt?«
Justus und Bob starrten ihn sprachlos an.
»Was denn?« Peter kam auf sie zugeschwommen. »Hallo?«
»Peter!«, flüsterte Justus. »Bist du völlig irre?«
»Uns ist fast das Herz stehen geblieben!«, fuhr ihn Bob an.
»Ach was!« Allmählich merkte der Zweite Detektiv, was er mit seinem *Scherz* angerichtet hatte. Seine Freunde standen bis zu den Knien im Wasser und keiner von ihnen lachte. »Ich habe doch nur die Szene aus ›Allein unter Haien‹ nachgespielt, in der dieser Lamarque … ihr wisst schon, als er …«
Peter verstummte und wandte den Blick ab.
Für einen Moment herrschte Schweigen. Der Zweite Detektiv paddelte auf der Stelle, seine Freunde starrten immer noch.
»Tut mir leid.« Peter machte ein betroffenes Gesicht. »War blöd, oder?«
»Ja.« Bob drehte sich um und watete zurück zum Strand.
»Allerdings.« Justus folgte ihm.
Justus und Bob warteten nicht, bis sich Peter wieder angezogen hatte. Sie liefen einfach weiter den Strand entlang. Als der Zweite Detektiv zu ihnen aufgeschlossen hatte, sagte er erst einmal überhaupt nichts. Nach ein paar Minuten versuchte er es nochmals mit einem »Tut mir echt leid« und Bob nickte.
Justus blieb stehen und funkelte ihn an. »Mach so etwas nie mehr wieder, klar?! Das war nicht lustig!«
»Klar, ’tschuldigung.«
»Und jetzt hör auf, dich zu entschuldigen!«
»Klar, ’tschu– äh, klar.«

Der Erste Detektiv verkniff sich ein Lächeln und bemühte sich, weiter verärgert zu wirken. »Lasst uns mal den Leuchtturm in Augenschein nehmen. Dahinten ist eine Treppe in die Felsen gehauen, die vermutlich zu ihm hochführt.« Er zeigte hinauf zu den Klippen. Von ihrem Standort war lediglich die Spitze des Leuchtturms zu sehen. »Vielleicht wohnt da oben ja jemand, der etwas Ungewöhnliches bemerkt hat.«
Die Treppe führte in etlichen Windungen die Steilwand hinauf. Grobe, ungleichmäßige Stufen, die zur Meerseite hin von einem altersschwachen Handlauf begrenzt wurden.
»Glaubst du, das Ding ist noch in Betrieb?«, fragte Bob, der hinter Justus herlief.
»Ich weiß es nicht. Die moderne Schiffsnavigation hat solche Türme weitgehend entbehrlich gemacht, aber es gibt immer noch etliche, die in Betrieb sind.«
Auf einmal erschien vor ihnen eine Frau. Sie hatten sie bis jetzt nicht sehen können, weil die Treppe eine Biegung machte. Die Frau mochte Mitte zwanzig sein, hatte kurzes, schwarzes Haar und leuchtend grüne Augen. Sie wirkte sehr vergnügt und auch deshalb sehr attraktiv.
Doch als sie die Jungen sah, veränderte sich ihr strahlendes Gesicht schlagartig. Als hätte jemand die Jalousien heruntergelassen, verdunkelte sich ihre Miene, der Blick ging zu Boden, die Lippen wurden zu einem dünnen Strich.
»Guten Tag!«, grüßten die Jungen freundlich und Justus fragte: »Ist das der Weg zum Leuchtturm?«
»Ja«, sagte die Frau kurz angebunden und drückte sich an den drei ??? vorbei, die bereitwillig Platz auf der engen Treppe

machten. Als sie neben Peter war, trafen sich ihre Blicke und die Frau fuhr zusammen. Nur ganz kurz, ein Zucken eher, eine flüchtige Verwirrung. Dann sah sie wieder weg und lief weiter.

»Vielen Dank!«, rief ihr Bob hinterher.

»Keine Ursache.« Die Frau bog um die nächste Ecke und lief unter ihnen die Stufen hinab.

»Hm«, machte Peter und sah an sich hinab. »Wirken wir irgendwie bedrohlich?«

Justus schaute der Frau hinterher. »Nein, das war es nicht. Ich hatte eher den Eindruck, dass es ihr unangenehm war, dass jemand sie hier ... Ach, ich weiß es nicht.«

Wenige Minuten später hatten sie die Treppe bezwungen und standen auf einer Ebene, die sanft zum Landesinneren hin abfiel. Rechts von ihnen erhob sich der Leuchtturm, der ihnen aus der Nähe ziemlich mächtig und imposant vorkam. Am Fuß des Turms befand sich ein altes Häuschen mit grünen Fensterläden, in dem wohl einst der Leuchtturmwächter gewohnt hatte.

»Sieht nicht so aus, als würde hier jemand leben«, sagte Bob und machte seine Jacke zu. Hier oben blies der Wind ganz ordentlich.

»Nein. Aber lasst uns trotzdem einmal nachsehen«, schlug Justus vor.

Peter lief voraus. Er hielt auf die Längsseite des weiß gekalkten Hauses zu. Zu seinem Erstaunen waren die Fensterläden geöffnet. Und Peter erkannte auch Gardinen hinter den Scheiben. Wohnte hier doch jemand?

»Leute!« Der Zweite Detektiv drehte sich zu seinen Freunden um. »Vielleicht ist doch jemand zu Hause. Da sind –«

In diesem Moment rannte eine Gestalt um die Ecke. Ein … Mann, ein Pirat, ein lebendig gewordener Albtraum! Peter sah eine Axt, eine Augenklappe, ein Ungetüm von Bart, ein Holzbein, hörte ein infernalisches Brüllen und war unfähig, sich von der Stelle zu bewegen. Auch Justus und Bob, die einige Meter hinter ihm standen, stockte der Atem.

Auf einmal bremste der Berserker ab, blieb knapp vor Peter stehen und ließ das Beil sinken. »Oh!«

Der Zweite Detektiv sah in ein verblüfftes braunes Auge.

»Das tut mir jetzt … leid. Hab ich dich erschreckt?« Der Mann wirkte aufrichtig betroffen.

Peter erwachte langsam aus seiner Schockstarre. Das Holzbein und das Beil irritierten ihn aber immer noch. Und die Augenklappe. »Äh, nein … ja, doch, ein bisschen.«

»Das wollte ich nicht! Meine Güte, du zitterst ja!« Der Mann legte ihm fürsorglich die Hand auf die Schulter.

»Guten … Tag.« Justus stellte sich neben seinen Freund. Auch er musste den Schrecken erst einmal verdauen.

»Da hab ich ja was angerichtet.« Der Mann wischte sich seine Hand an einer fleckigen Dreiviertelhose ab, wie sie früher Seeleute getragen hatten. Oder Piraten. »Ich bin wirklich untröstlich.« Er gab Peter die Hand. »Ich bin Eliah Cristobal. Und eigentlich ganz harmlos.« Cristobal schob seine Augenklappe hoch und lachte.

»Sind Sie … Schauspieler?« Bob hatte das Gefühl, den Namen schon einmal gehört zu haben.

»Schriftsteller. Und gerade an einer Szene dran, in der ein blutrünstiger Pirat seine Feinde niedermacht.« Cristobal breitete die Arme aus. »Darf ich vorstellen? Captain John Bone, der Schrecken der sieben Meere.« Wieder lachte er laut und herzlich.

Jetzt endlich verstanden die Jungen, was es mit der seltsamen Aufmachung und dem wüsten Geschrei auf sich gehabt hatte: Cristobal war offenbar einer jener Schriftsteller, die erleben mussten, worüber sie schreiben wollten.

»Darf ich euch zu einer Limonade einladen? Und Keksen? Habe ich vorhin erst geholt.« Cristobal streifte sich den falschen Vollbart über den Kopf und schnallte sein Holzbein ab. Sein richtiges hatte er sich hochgebunden. »Kommt schon. Als Wiedergutmachung für meinen Auftritt.«

Die drei ??? nahmen die Einladung gern an. Nach den jüngsten Schrecken würde ihnen allen eine kleine Auszeit sicher guttun. Cristobal führte sie ins Wohnzimmer des Wärterhäuschens, zu dem noch ein alter Schuppen und eine baufällige Garage gehörten, stellte Gläser und eine große Kanne Zitronenlimonade auf den Tisch und die versprochenen Kekse dazu. Justus fielen einige Stockflecken an der Wand und die eher einfachen Möbel auf. Cristobals Bücher waren offensichtlich nicht gerade Bestseller. Das erklärte, warum er noch nichts von ihm gelesen hatte. Aber bluttriefende Piraten-Thriller gehörten auch nicht zu seiner bevorzugten Lektüre.

»So, dann greift zu!« Cristobal deutete auf die Limonade und die Kekse. »Erzählt mal! Was treibt euch denn hier rauf?«

Bob nahm sich einen Brownie. Saftig. Weich. Hier war an

Butter und Eiern nicht gespart worden. »Wir sehen uns nur ein wenig um.«

»Ihr seht euch um? Hört sich geheimnisvoll an.«

»Wohnen Sie schon lange hier?«, fragte Justus.

»Ein paar Monate. Ich brauche diese Abgeschiedenheit, um schreiben zu können.«

Der Erste Detektiv entschloss sich, gleich auf den Punkt zu kommen. »Mr Cristobal, ist Ihnen in letzter Zeit irgendetwas Merkwürdiges unten in der Bucht aufgefallen?«

Der Mann sah ihn erstaunt an. Aber nicht erstaunt genug, wie Justus fand. Schließlich hatte er die Frage sehr unvermittelt gestellt. »Was meinst du mit ›merkwürdig‹?«

Peter stellte seine Limonade ab. »Einen Mann zum Beispiel, der wie auf einer Treppe aus dem Meer kommt.«

Cristobal schaute kurz zur Seite, lächelte, zögerte. »Einen Mann, der wie auf Treppen aus dem Meer kommt?«, fragte er unschlüssig. »Weißt du, das ist doch –«

Wie an einem unsichtbaren Faden gezogen blickten die drei ??? zum Fenster, das zur Bucht hinausging und einen Spalt offen stand. Alle drei hatten sie diesen Laut gehört. Er war kaum wahrzunehmen gewesen, ihnen aber doch durch Mark und Bein gefahren. Es hatte geklungen wie der klagende, herzzerreißende Schrei eines Mannes.

Wo ist Fiona?

»Was war das?« Justus stand auf und lief zum Fenster.

»Hörte sich nicht gut an«, fand Bob und erhob sich ebenfalls. »Siehst du was?«

»War das ein Tier oder ein Mensch?« Auch Cristobal trat ans Fenster.

»Ein Mensch, eindeutig ein Mensch«, sagte Peter und spähte aus dem anderen Fenster hinunter zum Strand.

»Nichts zu sehen. Wir müssen runter zum Strand«, entschied Justus. »Ich habe – da! Da war es wieder!«

Eindeutig der Schrei eines Mannes. Eines verzweifelten Mannes.

»Das war ein Name! Der hat einen Namen gerufen.« Peter sah seine Freunde an. »Ich habe ›Mona‹ verstanden.«

»Ich auch«, sagte Bob. »Irgendetwas mit O und A.«

»Vielleicht sucht er seinen Hund?«, vermutete Cristobal.

Justus schüttelte den Kopf. »Mein Gefühl sagt mir, dass es hier nicht um einen entlaufenen Hund geht. Da ist irgendetwas passiert. Wir sollten schnellstens zum Strand runter. Womöglich können wir helfen. Kommt, Kollegen!«

»Ich komme mit!«, rief Cristobal.

Der Erste Detektiv lief voraus, Peter und Bob folgten ihm. Cristobal schnappte sich noch sein Handy und schloss die Tür hinter sich.

Wieder ertönte der klagende Ruf. Der Wind stand genau so, dass der Laut vom Strand zu ihnen heraufgetragen wurde. Nur deswegen hatten sie ihn überhaupt hören können.

»Fiona! Ich glaube, er ruft nach einer Fiona!« Peter hatte Justus überholt und sprang als Erster auf die Stufen.

»Ich habe noch nie gehört, dass jemand seinen Hund Fiona nennt«, rief Cristobal, während er den drei Jungen hinterherrannte. Er wirkte sehr besorgt.

Der Erste Detektiv nickte und beschleunigte seinen Schritt. »Wir sollten uns beeilen.«

Es war ein halsbrecherisches Laufen. Die drei ??? suchten mit einer Hand Halt an dem wackeligen Geländer und starrten konzentriert auf ihre Füße, die in einem irren Tempo die Stufen hinabtrommelten. Jetzt nur nicht stolpern! In den Kehren konnten sie einen flüchtigen Blick auf den Strand werfen, von wo die Rufe jetzt immer deutlicher zu ihnen drangen. Aber unten war niemand auszumachen.

Endlich hatte Peter die Stelle erreicht, an der sie vorhin der Frau begegnet waren. Er blieb stehen und sah hinunter in die Bucht. Draußen im Meer konnte er niemanden entdecken. Auch am Meeressaum und in der inzwischen sehr lebhaften Brandung war niemand zu sehen. Der Zweite Detektiv ließ seinen Blick über die großen Felsen am Strand und die Sandabschnitte dazwischen gleiten. Hinter sich hörte er Justus' Atem. Der Erste Detektiv hatte bald zu ihm aufgeschlossen. Da unten waren einige Möwen, aber ansonsten konnte Peter –

»Da ist wer!« Er hatte einen Mann erspäht, einen glatzköpfigen Mann. Gerade war er hinter einem Felsen hervorgetreten.

Justus hielt neben ihm, schnaufend wie ein Walross. »Ich … seh ihn.«
»Er sucht jemanden!«, erkannte Bob. »Eindeutig. Er hält die Hände wie einen Trichter vor den Mund und ruft.«
»Hallo!«, schrie Cristobal hinunter zum Strand und winkte. »Können wir Ihnen helfen? Hallo?«
Doch der Mann hörte ihn offenbar nicht. Der Wind stand falsch.
»Wir müssen … weiter runter«, sagte Justus kurzatmig.
»Dann los!« Peter lief weiter und die anderen hinterher. Sie verlangsamten das Tempo, um Ausschau nach Fiona zu halten. Von hier oben hatte man einen viel besseren Überblick. Allerdings wussten sie immer noch nicht, wer Fiona war. Ein Mädchen? Eine Frau? Oder doch ein Hund?
Als Peter die letzten Stufen nahm, befand sich der Mann ganz in ihrer Nähe am Fuße der Klippen. Bis jetzt hatte er die vier Gestalten, die die Treppe hinuntergerannt kamen, nicht wahrgenommen, aber als Peter auf ihn zulief, eilte ihm der Mann, der eine rote Plastikschaufel in der Hand hielt, sofort entgegen.
»Hast du ein kleines Mädchen gesehen?«, fragte er ihn aufgewühlt. Der etwa vierzigjährige Mann war völlig am Ende. Seine Augen wirkten unnatürlich groß, sein Gesicht war totenblass. »So groß!« Er hielt die Hand einen guten Meter über den Boden. »Lange blonde Haare.«
Peter schüttelte den Kopf, während jetzt auch die anderen bei dem Mann ankamen. »Nein, aber wir helfen Ihnen natürlich suchen. Wo haben Sie sie zuletzt gesehen? Und wann?«

Der Mann drehte sich um und zeigte dorthin, wo es zum Parkplatz ging. »Vor sechs oder sieben Minuten. Ich war nur kurz weg, und als ich zurückkam, war Fiona verschwunden!« Er wirbelte herum. »Weg! Sie war einfach weg! Wie vom Erdboden verschluckt!« Er vergrub sein Gesicht in seinen Händen. »Oh mein Gott! Ihr ist etwas zugestoßen!«

»Was hatte Ihre Tochter an?«, fragte Justus.

»Ein … ein … eine rosa Jacke. Mit Prinzessin Minumana drauf. Und eine blaue Hose mit Glitzersteinchen. Sie ist erst sechs Jahre! Mein Gott, sechs Jahre! Sie stirbt sicher vor Angst!«

»Kollegen, wir schwärmen aus!« Justus zeigte in drei Richtungen. »Bob, du übernimmst den Bereich um den Parkplatz, Peter, du das Ende der Bucht und ich suche die Mitte ab. Nehmt euch jeden Felsen vor, jeden Stein und seht vor allem in die Risse und Spalten der Klippe, die vom Strand aus zu erreichen sind. Vielleicht ist Fiona da irgendwo reingekrabbelt und kommt jetzt nicht mehr raus.«

Der Mann blickte zum Wasser. In seinem Gesicht war genau zu lesen, was er dachte. Bitte, lass sie dort nicht sein, bitte nicht! Langsam setzte er sich Richtung Meer in Bewegung.

»Ich komme mit Ihnen«, sagte Cristobal.

»Okay, los geht's, Kollegen.«

Die drei ??? verteilten sich und fingen an, in regelmäßigen Abständen Fionas Namen zu rufen. Zunächst suchten sie alle Felsen und größeren Steine ab, die auf dem Strand lagen. Vielleicht gab es ja irgendwo einen Hohlraum, eine vom Wasser ausgespülte Vertiefung. Womöglich hatte sich auch irgendwo Treibgut angesammelt und Fiona verbarg sich unter einem

Haufen Seetang. Kleine Kinder hatten manchmal merkwürdige Einfälle.

Allerdings musste sich Justus eingestehen, dass Prinzessin-Minumana-Mädchen wohl eher selten unter stinkende Seetangklumpen krochen.

Am Strand war Fiona nicht. Und am Parkplatz auch nicht. Bob war schließlich dorthin gelaufen und hatte in und unter den silbernen Ford geblickt, der jetzt ein Stück weit von seinem Käfer entfernt stand. Aber hier war kein kleines blondes Mädchen. Wo war eigentlich der BMW?, fragte sich Bob.

Blieb die Klippe. Peter war bis zum Ende der Bucht gelaufen, wo ein zerklüfteter Vorsprung ein gutes Stück weit ins Meer hinausreichte. Hier war kein Weiterkommen, schon gar nicht für ein kleines Mädchen. Der Zweite Detektiv ging ein paar Meter zurück auf den Strand und betrachtete die steil aufragende Wand. Der erste Spalt, der für Fiona erreichbar gewesen wäre, war nicht weit entfernt. Peter musste nur über einen größeren Stein klettern, dann konnte er einen Blick in die dunkle, nach Salzwasser und Tang riechende Felslücke werfen.

»Fiona? Bist du hier?«

Er erhielt keine Antwort. Und die Lücke war auch nicht sonderlich tief, er konnte sie gut überblicken. Keine Fiona. Der Zweite Detektiv kletterte zurück und nahm sich die nächsten Spalten und Winkel vor.

Was ihn wunderte, war die Tatsache, dass Fiona keinen Laut von sich gab, nicht rief, weinte oder schrie. Dafür konnte es nur zwei Gründe geben: Entweder war sie, warum auch immer, nicht in der Lage, einen Ton von sich geben, oder sie war gar nicht mehr hier. Beides stimmte Peter besorgt.

Und mit jeder neuen Felsspalte, die er vergeblich inspizierte, mit jeder weiteren Höhle, die er leer vorfand, schien sich die zweite Annahme zu bestätigen: Fiona war nicht mehr am Strand. Und Peter musste nicht lange überlegen, was das zu bedeuten hatte. Im besten Fall war sie am Parkplatz vorbei Richtung Paradise Cove gelaufen. Viel schlimmer war schon die Vorstellung, dass sie irgendjemand … mitgenommen hatte. Und schlechthin grauenvoll war der Gedanke, dass sie am Wasser gespielt hatte und dann von den Wellen … nein, daran wollte Peter nicht denken. Nicht, solange sie nicht alles getan und auch den letzten Winkel in dieser Bucht abgesucht hatten. Ein paar Möglichkeiten gab es noch. Zum Beispiel dieses finstere Loch dort vorn, das womöglich der Zugang zu einer Höhle war.

Der Zweite Detektiv umrundete eine Meerwasserpfütze, stieg über zwei Steine hinweg und ging in die Hocke. »Fiona?«, rief er in die Dunkelheit.

Wieder keine Antwort. Peter ging näher heran. Es blieb ihm nichts anderes übrig, er musste da hineinkriechen. Er sah sich nach den anderen um. Justus suchte ein Stück weiter vorn, Bob war wohl noch am Parkplatz. Und Cristobal und Fionas Vater wateten durch die Brandung und schrien sich die Seele aus dem Leib. Peter ging auf die Knie und kroch in die Höhle. Er sah es sofort: Diese Höhle war sehr viel größer, als der kleine Zugang hatte vermuten lassen. In einiger Entfernung tropfte es regelmäßig von der Decke, leise Windgeräusche waren zu hören und kurz nach dem Eingang wichen die Decke und die Wände in eine unsichtbare Finsternis zurück. Peter wusste aus zurückliegenden Fällen, dass sich in Südkalifornien unter vielen Küstenklippen wahre Höhlenlabyrinthe erstreckten. Wenn Fiona hier hereingelaufen war, konnte es Tage dauern, bis sie sie fanden. Wenn überhaupt …

»Fiona?« Seine Stimme verschwand in der muffigen Dunkelheit und kehrte als leises Echo zurück. »Fiona …na …na? Bist du hier … hier … hier?«

Hätte er nur eine Taschenlampe dabei! So sah er fast gar nichts! Das Licht vom Eingang reichte nur wenige Meter weit.

»Fiona? Bist du –« Peter verstummte. Da war doch etwas gewesen! Ein kaum wahrnehmbares Geräusch! Fast wie ein … Wimmern! Der Zweite Detektiv schaute sich hektisch um.

»Fiona?«

Aber da war nichts. Oder er sah es nicht. Sollte er rauskriechen und die anderen holen? In Bobs Käfer lag sicher eine Taschenlampe. Aber wenn Fiona weiter in die Höhle lief, verloren sie wertvolle –

Da! Peter sah sie! Da saß eine Gestalt! Eine kleine Gestalt und wimmerte!

»Fiona!«

Was geht vor in Paradise Cove?

Peter trug das kleine Mädchen zum Ausgang. In der Höhle sah er nichts, konnte nichts für sie tun, konnte nicht einmal erkennen, ob sie verletzt war. Fiona wehrte sich nicht, hing einfach schlaff in seinen Armen. War sie bewusstlos gewesen und hatte sie deshalb zuerst keinen Laut von sich gegeben? Oder stand sie unter Schock? Beruhigend flüsterte Peter ihr zu, dass alles in Ordnung sei und er sie jetzt zu ihrem Daddy bringen würde.
»Siehst du? Da vorne geht's raus.«
In den ersten Lichtstrahlen erkannte er, dass Fiona offenbar keine größeren Verletzungen davongetragen hatte. Und dass sie tatsächlich sehr matt und irgendwie schläfrig war.
»Wie geht es dir, Fiona? Hast du Schmerzen?«
Fiona sah Peter verschwommen an. Er war sich nicht sicher, ob sie ihn verstanden hatte.
»Ich bring dich nach draußen zu deinem Daddy.« Peter zeigte auf die Öffnung. »Wir müssen ein Stück krabbeln, aber ich helfe dir.«
Fionas Augen wurden wacher, unruhiger. Peter hatte den Eindruck, dass sich die Angst in ihr Bewusstsein schob.
»Ich bin Peter, ein Freund von deinem Daddy.« Er lächelte sie an. »Und du bist Fiona, das weiß ich schon. Wir machen uns jetzt ganz klein und dann sind wir auch gleich draußen, okay?«

»Daddy!«, wisperte das Mädchen und Peter kroch mit ihr aus der kleinen Höhlenöffnung.
Als Fionas Vater Peters Rufe vernahm und seine kleine Tochter auf dem Arm des Zweiten Detektivs bemerkte, blieb er für ein paar Sekunden wie erstarrt stehen. Offenbar konnte er nicht glauben, was er da sah. Dann jedoch ließ er die Schaufel fallen und rannte wie ein Irrer über den Strand zu Peter.
»Fiona! Oh, Fiona, Schätzchen!« Er kniete sich in den Sand und nahm seine kraftlose Tochter in die Arme. »Ist dir was passiert? Geht es dir gut? Wo warst du nur? Oh, mein Schätzchen!« Tränen rannen über das Gesicht des Mannes.
Cristobal und Justus trafen ein und auch Bob kam um die Ecke gelaufen.
Der Mann kniete noch immer am Boden, sah abwechselnd seine Tochter an und schloss sie dann wieder fest in die Arme. Fiona wirkte immer noch müde und erschöpft, aber langsam kehrte die Farbe in ihr Gesicht zurück. Sie schlang ihre kleinen Arme um den Hals ihres Vaters, der sich mit ihr erhob.
»Ich weiß gar nicht, wie ich euch danken kann.« Der Mann streckte Peter die Hand hin. »Ich bin Ben Kramer. Für euch ab jetzt einfach Ben.«
»Peter Shaw. Und keine Ursache.« Der Zweite Detektiv lächelte glücklich. Ein vermisstes Mädchen rettete man nicht alle Tage, und wenn die Sache noch dazu so glimpflich ausging, konnte man wirklich von Glück sprechen.
Auch die anderen stellten sich vor, während Fiona vollends zu sich kam und scheu auf die fremden Menschen blickte. Sie

wickelte sich die Halskette ihres Vaters um einen Finger, als wollte sie sich für immer an ihn binden.

»Es scheint ihr wieder besser zu gehen«, sagte Cristobal. »Na, du?« Er schnitt für Fiona eine Grimasse.

Kramer nahm seine Tochter auf den anderen Arm. »Schätzchen, was war denn? Daddy wollte ja nur deine Schaufel aus dem Auto holen und dann hat er dich nicht mehr gefunden. Bist du da in die Höhle gekrochen?«

Fiona blickte zu dem dunklen Felsloch. In ihre Augen trat dabei ein ängstliches Flackern. »Da war … ein Mann.«

»Ein Mann?«, echoten Kramer und Bob fast gleichzeitig.

»Kannst du den Mann womöglich beschreiben?«, fragte Justus.

Peter warf ihm einen kurzen Seitenblick zu. Du konntest das noch nie mit kleinen Kindern, stand darin zu lesen.

»Wie hat der Mann denn ausgesehen? War er groß?« Peter stellte sich auf die Zehenspitzen. »Oder klein?« Er ging in die Knie.

»Groß«, antwortete Fiona leise.

»Groß«, sagte Bob. »Und war es ein alter Opa, ein Mann, so alt wie dein Daddy, oder war er so jung wie wir?«

»Alter Opa«, piepste Fiona. »Mit ganz viel Bart.« Sie fuhr sich mit der Hand ums Kinn herum und beschrieb einen gewaltigen Vollbart.

»Ein Mann mit Bart.« Kramer nickte und strich seiner Tochter über die Wange. »Und hat er was gesagt?«

Fiona schüttelte den Kopf.

»Oder was gemacht?«

Sie zuckte die Schultern. »Er war ganz nass.«

Die drei ??? sahen sich irritiert an. Nass? Ein bärtiger Opa? Der aus dem Wasser gekommen war?

Bei Justus fiel der Groschen als Erstes. Bob sah es an seinem Gesichtsausdruck. Dann verstand er und kurz danach auch Peter. Der Mann aus dem Meer! Konnte er es gewesen sein? War es derselbe, den Colin gesehen haben wollte?

»Ein nasser Opa, soso.« Kramer bemühte sich, nicht zu aufgeregt zu wirken. »Und warum warst du so müde, mein Schatz?«

»Ich hatte fast den Eindruck, ich hätte sie da drin aufgeweckt«, flüsterte Peter den anderen zu.

»Gar nicht!«, widersprach ihm Fiona und guckte böse.

Kramer lachte. »Nein, du bist ja schon ein großes Mädchen und musst nicht mehr so viel schlafen.« Er zwinkerte den anderen zu und die verstanden. »Aber ein bisschen müde warst du schon, oder?«

Wieder zuckte Fiona mit den Schultern und legte ihren Kopf an Kramers Brust.

»Äußerst merkwürdig«, sagte Cristobal leise. »Was mag ihr nur zugestoßen sein?«

Kramer zögerte und nickte dann Richtung Parkplatz. »Ich werde jetzt schleunigst nach Hause fahren. Fiona muss sich von diesem Schreck erholen. Aber was Ihre Frage betrifft: Mir ist da neulich etwas sehr Seltsames zu Ohren gekommen. Oder vielleicht habe ich auch darüber gelesen. Ich bin ja fürwahr kein abergläubischer Mensch und habe gewöhnlich gar nichts mit Legenden, Geistergeschichten oder so einem Firlefanz am Hut. Aber –« Kramer unterbrach sich und schüttelte den Kopf. »Irgendetwas stimmt in diesem Ort nicht.«

Die drei Detektive waren auf einmal hellwach.

»Was genau haben Sie denn da gehört oder gelesen?«, fragte Bob nach, während sie langsam Richtung Parkplatz liefen.

Kramer sah Cristobal an. »Wenn Sie hier leben, müssten Sie doch auch davon gehört haben?«

»Ich lebe hier erst seit ein paar Monaten.«

»Aber verzeihen Sie meine Direktheit, Mr Cristobal«, sagte Justus. »Als wir Sie vorhin auf die mysteriösen Vorkommnisse in der Bucht ansprachen, machten Sie auf mich durchaus den Eindruck, als wäre das nichts Neues für Sie.«

Kramer blieb auf der Stelle stehen. »Was für mysteriöse Vorkommnisse in der Bucht?«

Cristobal wand sich und sah zu Boden. »Na ja, ich habe da wohl mal was mitbekommen.«

»Was für Vorkommnisse?«, wiederholte Kramer.

Bob nickte unmerklich zu Fiona und schüttelte den Kopf. Kramer verstand. Das war nichts, was Fiona jetzt hören sollte.

»Ich halte das ganz wie Sie, Mr Kramer«, sagte Cristobal. »Ich kann mit derlei Hokuspokus und Geisterzauber auch nichts anfangen. Liegt vielleicht daran, dass ich als Schriftsteller mein ganzes Pulver in Sachen Fantasie verschieße, wenn ich meine Romane schreibe.« Er lachte.

»Sie sind Schriftsteller?«, fragte Kramer und Cristobal nickte.

»Dann kann ich Ihnen diese Legende nur empfehlen, die sich angeblich um Paradise Cove rankt. Mir sind gerade einige Einzelheiten wieder eingefallen, aber die müssen wir jetzt und an dieser Stelle nicht erörtern.« Er blickte unauffällig auf Fiona und zog dabei die Augenbrauen hoch.

»Was ist eine Legende, Daddy?«, fragte Fiona.
»Geschichten, Schätzchen, Geschichten.«
»Erzählst du mir zu Hause eine?«
»Sicher, mein Herz.«
»Grundsätzlich gebe ich Ihnen beiden recht, was jene … ähm … Geschichten und Erzählungen angeht«, sagte der Erste Detektiv. Mittlerweile waren sie am Parkplatz angekommen. Kramer stellte seine Tochter auf den Boden und sperrte das Auto auf. »Doch in Anbetracht der jüngsten Ereignisse wäre es meines Erachtens doch vonnöten, dass man sich dieser … Geschichten einmal annimmt und Nachforschungen anstellt, inwiefern sie eine Rolle spielen könnten. Wenn es Ihnen möglich wäre, würden wir gerne einmal mit Ihnen darüber sprechen.«
Kramer und Cristobal sahen die drei Jungen verwundert an.
»Wieso interessiert ihr euch eigentlich so für diese Sache?«, fragte Kramer.
»Ein Bewohner von Paradise Cove hat uns gebeten, den Ereignissen nachzugehen«, erwiderte Bob.
»Hat euch gebeten, den Ereignissen nachzugehen?«, echote Cristobal verwundert. »Und … wieso? Und wieso euch?«
Peter holte eine ihrer Visitenkarten aus seiner Tasche und überreichte sie dem Mann. »Deshalb.«
Cristobal und Kramer studierten aufmerksam und mit zunehmendem Erstaunen die Karte.
»Detektive!« Cristobal gab Peter die Karte zurück. »Sieh mal einer an. Das ist ja interessant. Drei echte Detektive.« Seinem Tonfall und Blick war nicht zu entnehmen, ob aus seinen Worten aufrichtige Anerkennung oder Ironie sprach.

»Daddy, was sind Dedetive?« Fiona musterte die drei ??? neugierig.
»Ähm, Leute, die … was suchen, Liebling.«
»Einen Schahatz?«
»Ja, manchmal suchen sie auch einen Schatz, mein Schatz.« Kramer schenkte seiner Tochter ein liebevolles Lächeln. »Wie dich.«
Justus wartete immer noch auf eine Antwort und blickte Cristobal fragend an. »Hätten Sie vielleicht jetzt gleich im Anschluss Zeit?«
Der Schriftsteller überlegte einen Moment. »Wenn ich richtig informiert bin, gibt es jemanden, der euch vermutlich sehr viel besser helfen kann. Jemand, der angeblich über alles Bescheid weiß, was mit Paradise Cove zu tun hat.«
»Und dieser Jemand wäre?«, fragte Bob.
»Jimmy Blue Eye. Und wenn ich mich nicht irre, dürftet ihr ihn um diese Zeit im Dead Man's Grave finden.«

Jimmy Blue Eye

Die drei ??? verabschiedeten sich und gingen zu Bobs Käfer. Als sie vom Parkplatz fuhren, sahen sie Cristobal über den Strand Richtung Leuchtturm laufen. Kramer war noch dabei, seine Tochter auf dem Kindersitz festzuschnallen.

»Jimmy Blue Eye«, murmelte Peter. »Hört sich für mich nach einem Surferboy an: blaue Augen, blonde Haare, sonnengebräunte Haut.«

»Oder nach einem Gangster aus einem dieser alten Ganovenfilme.« Bob schmunzelte. »Jimmy Blue Eye und Machine Gun Mack, die berüchtigtsten Bankräuber von Chicago.«

»Ich möchte eure Ausflüge in die Fantasie ja nicht vorzeitig abwürgen«, wandte Justus nüchtern ein, »aber zum einen sagt der Name des Mannes nur etwas über seine Augenfarbe aus und zum anderen gibt es im Augenblick Wichtigeres, über das wir uns den Kopf zerbrechen sollten.«

»Warum ein Gasthaus Dead Man's Grave heißt?« Peter grinste. »Nein, Scherz beiseite. Du hast natürlich recht, Erster. Die Sache mit Fiona liegt mir auch noch wie ein Betonklotz im Magen. Ich hatte schon das Schlimmste befürchtet.«

»Ging mir ähnlich«, sagte der Erste Detektiv. »Aber am Ende hast du sie in dieser Höhle gefunden.« Er sah nachdenklich aus dem Fenster. »In der sie womöglich eingeschlafen war. Und sie hat einen alten, großen, nassen Mann gesehen.«

»Alt und groß kann für ein sechsjähriges Mädchen anderes bedeuten als für uns«, gab Bob zu bedenken. »›Alt‹ kann auch fünfzig Jahre und ›groß‹ ein Meter sechzig sein.«
»Möglich«, meinte der Erste Detektiv. »Aber nass ist nass.«
»Und was hat der Kerl nun gemacht?«, fragte sich Peter. »Hat er Fiona in die Höhle geschleppt? Oder stand er nur zufällig herum, als sie selbst da reingekrabbelt ist? Und hat sie ihn in der Höhle gesehen oder am Strand?«
Bob hatte die kleine Straße erreicht, die zurück nach Paradise Cove führte. »Ihr denkt auch, dass der Alte derselbe gewesen sein könnte, den Colin gesehen hat, oder?«
»Die Vermutung liegt nahe«, erwiderte Justus. »Wir müssen uns womöglich fragen, ob der Alte in irgendeinem Zusammenhang mit kleineren Kindern steht.«
»Du meinst, ob nur die ihn sehen beziehungsweise er sich nur denen zeigt?«, fragte Bob.
»Oder ob sein Anliegen speziell mit ihnen zu tun hat.«
Peter seufzte. »Das kann man auch sehr viel weniger vorsichtig ausdrücken. Wenn es tatsächlich dieser Kerl war, der Fiona in die Höhle geschleppt war, reden wir von Entführung.«
Der dritte Detektiv passierte den Ortseingang von Paradise Cove. Auch ihm war vorhin die Gaststätte auf dem Platz am Hafen aufgefallen, sodass er wusste, wohin er fahren musste. Er stellte seinen Käfer in einer Seitenstraße ab. Von dort gingen die Jungen zu dem Lokal.
Das schmiedeeiserne Schild über dem Eingang war wirklich gruselig. Es zeigte einen schwarzen Sarg, dessen Deckel ein Stück zur Seite geschoben war. In dem Sarg erkannte man das

bleiche Gesicht eines Mannes und auf dem unteren Ende des Sarges saß ein glupschäugiger Krake, der seine fetten, grünen Arme um die Holzkiste schlang.

»Na, dann rein in die gute Stube.« Peter grinste verhalten.

Der erste Eindruck der Jungen war: schummrig. Sie kamen sich vor wie im Bauch eines alten Piratenschiffes, das gerade aus vollen Rohren auf den Feind geballert hatte. Die Fenster waren von innen abgedunkelt, an der Wand brannten einige wenige Leuchter, die aussahen, als stammten sie noch aus spanischer Zeit, und der Wirt hielt ganz offensichtlich nicht viel von Lüften. Doch das Dead Man's Grave war gut besucht. Fast kein Tisch war mehr frei. Es waren jedoch nicht etwa verrunzelte Seebären, die dort vor ihren Humpen kauerten, sondern ganz normale Gäste, hauptsächlich Touristen, die dort aßen. Die Gastwirtschaft traf offenbar genau den Geschmack der Urlauber. Einen Mann, der Jimmy Blue Eye hätte sein können, sahen die drei ??? jedoch nicht.

»Fragen wir den Wirt«, sagte Bob und zeigte zur Theke.

Auch der Wirt war alles andere als ein wettergegerbter Seemann mit weißem Bart und Pfeife. Er war ein junger Mann mit Brille und Zopf, der gerade Gläser spülte.

Der dritte Detektiv lehnte sich auf den Tresen. »Guten Tag. Wir suchen einen gewissen Jimmy Blue Eye. Ist der hier?«

Der junge Mann sah sie überrascht an. »Ja«, sagte er gedehnt, »der sitzt dahinten.« Er deutete auf die hinterste Ecke der Kneipe. »Was wollt ihr denn von Jimmy?«

»Ein paar Sachen fragen«, erwiderte Peter.

»Ein paar Sachen fragen?« Der junge Mann lupfte eine Augenbraue und wirkte plötzlich amüsiert. »Na dann, viel Glück. Wollt ihr auch was trinken?«

Die Jungen ließen sich drei Flaschen Cola geben, bezahlten und wandten sich wieder dem Gastraum zu. Mit den Flaschen in der Hand machten sie sich auf den Weg in die angegebene Ecke, wo sie undeutlich den Umriss eines Mannes ausmachen konnten. Sie zwängten sich zwischen einigen Tischen hindurch, ließen zwei Gäste passieren, die eben aufbrachen, und stiegen über einen Berg von filzigem Fell hinweg, der wohl ein Hund war.

Der Mann hockte an einem Tisch. Ein breitschultriger, großer Mann, der ihnen den Rücken zukehrte. Als sie nah genug waren, erkannten sie, dass er weit nach vorn gebeugt auf seinem Stuhl saß. Seine weißen Haare bedeckte eine alte Kapitänsmütze, vor ihm stand ein Glas mit einer öligen braunen Flüssigkeit und der dicke Wollpullover, den er trug, war früher wahrscheinlich einmal weiß gewesen. Manche Stellen sahen fast so aus, als würde Moos auf ihnen wachsen. Oder *war* das Moos?

Justus blieb hinter ihm stehen. »Guten Tag. Sind Sie Jimmy Blue Eye?«

Der Mann bewegte sich keinen Zentimeter und sagte auch nichts. Peter kam der Gedanke, dass er vor seinem Glas eingeschlafen war. Oder gestorben. Der Erste Detektiv räusperte sich und wollte seine Frage gerade wiederholen, als der Mann doch etwas von sich gab.

»Ah, der alte Jimmy. Wer will was von ihm?« Eine Stimme, die klang wie ein uralter Baum im Sturm. Kurz darauf drehte

Jimmy Blue Eye den Kopf zur Seite und spuckte einen dunklen Klumpen haarscharf an Bob vorbei in einen Metalleimer. Der dritte Detektiv sprang zur Seite. Er wollte gar nicht wissen, was da eben an ihm vorbeigeflogen war.
»Mr Cristobal schickt uns.«
»Ja, der liebe Gott. Auf den warten wir schon lange.«
»Nicht Christus. Der Mann, der im Leuchtturm wohnt.«
»Dort wohnt der Teufel!«, stieß Jimmy Blue Eye hervor.
Die drei ??? sahen sich an. Jetzt verstanden sie die Reaktion des Wirtes. Jimmy Blue Eye war offensichtlich etwas … sonderbar. Hoffentlich erfuhren sie überhaupt etwas von ihm. Wenn er denn wirklich etwas wusste.
Justus versuchte es ganz direkt. »Mr Jimmy, wissen Sie etwas von einem Mann mit Bart, der sich in der Bucht herumtreibt und«, er stockte kurz, »bisweilen aus dem Meer steigt?«
Jimmy Blue drehte sich auf seinem Stuhl um, langsam wie ein Mühlstein. Man glaubte es förmlich knirschen zu hören. Als er den Jungen sein Gesicht zuwandte, erschrak Peter. Jimmy Blue Eye. Nicht Eyes. Nur ein Auge. Ein leuchtend blaues Auge in einem Gesicht, das aussah wie ein Stück verknittertes, vergilbtes Papier. Über das andere, verschrumpelte Auge zog sich eine dicke weißliche Narbe bis über die Wange.
»Er gibt keine Ruhe, keine Ruhe.« Jimmy Blue Eye machte eine Geste, dass sich die Jungen setzen sollten. Sie ließen sich auf den Holzstühlen nieder. Peter umklammerte seine Cola.
»Aber die Wellen geben sie nicht mehr her. Nie mehr«, fuhr Jimmy Blue Eye fort. »Was das Meer sich einmal geholt hat, gehört ihm.« Er hob sein Glas zum Mund und nahm einen tie-

fen Schluck. Dann holte er einen Streifen Kautabak aus seiner Hosentasche und schob ihn sich zwischen die Zähne.
»Ähm, von wem bitte sprechen Sie?« Justus konnte nicht anders, er musste auf diese Zähne sehen. Grau und klebrig vom Tabak. Die drei, die Jimmy Blue Eye noch hatte.
»Es war nicht sein Fehler. Der Arzt war schuld, der Arzt. Versoffener Quacksalber! Kam nicht von seiner Flasche los.«
Die drei ??? verstanden gar nichts. Ein Mann, der keine Ruhe gibt, ein weibliches Wesen, das dem Meer gehörte, und ein Arzt, der offenbar Alkoholiker war?
»Und ich sage euch!« Der Finger von Jimmy Blue Eye zuckte so schnell hervor, dass Bob zusammenfuhr. »Ich kann ihn verstehen, den alten Abe, ich kann ihn verstehen! Die See hat es ihm zugerufen in jener schwarzen Nacht! Schwere See, Brecher so hoch wie ein Haus, die Windsbräute tobten und heulten! ›Räche dich!‹, haben sie ihm zugerufen, als der alte Kasten auf Devil's Tooth zugetrieben wurde. ›Räche dich!‹«
Jimmy Blue Eye starrte die drei Jungen mit seinem einen Auge an und Peter war nur noch Gänsehaut. Ach was, Gänsehaut. Elefantenhaut!
Jimmy Blue Eye zog seinen knorrigen Finger wieder ein. »Und er hat sich gerächt. Mit Mann und Maus ist sie untergegangen. Keine Seele hat überlebt.« Er wischte ein Mal über den Tisch und zog ein grimmiges Gesicht. »Keine einzige.«
So ungefähr konnte sich Justus einen Reim auf das machen, was ihnen der Alte hier erzählte. Aber auch nur so ungefähr.
»Und dann!« Jimmy Blue Eye beugte sich nach vorn und winkte die Jungen mit seinem Finger zu sich. Die drei ???

schoben ihre Köpfe vor. Jetzt konnte Bob riechen, was Jimmy Blue Eye trank. Rum, Rum pur. »Dann«, flüsterte der Alte und sah sich um, als wollte er sichergehen, dass ihn auch niemand belauschte, »ist er gesprungen! Wollte seine Rachel suchen. Hatte Poseidon ein Opfer gebracht und dachte, dass der ihm seine Rachel wiedergeben würde. Der Narr!« Jimmy Blue Eye haute auf den Tisch, dass sein Glas sprang, und die drei ??? zuckten zurück. »Das weiß man doch! Nichts gibt der wieder her! Was der in seinen kalten, nassen Händen hat, gehört ihm. Auf immer!« Er kippte den Rest des Rums hinunter, spuckte seinen Tabakbatzen in den Kübel und versank in dunklem Gemurmel.

Die Jungen verstanden nichts davon außer einem Datum, das Jimmy Blue Eye immer wieder vor sich hin brabbelte. Der siebte Dezember. Irgendetwas war am siebten Dezember gewesen – oder würde dann sein. Denn in drei Tagen war der siebte Dezember.

Zwei Mal noch unternahmen die drei Detektive den Versuch, mit Jimmy Blue Eye zu sprechen, aber er war nicht mehr zu erreichen. Das argwöhnische Funkeln seines blauen Auges und die Zuckungen in seinem verwüsteten Gesicht machten auf die drei ??? jedoch den Eindruck, als fürchtete er sich vor irgendetwas. Vor irgendetwas in Paradise Cove.

Das Schicksal der Kassiopeia

Als die drei Detektive aus dem Dead Man's Grave kamen, mussten sie erst einmal durchatmen. Die Begegnung mit Jimmy Blue Eye hatte es in sich gehabt.

»Meine Güte, bestimmt träume ich heute Nacht von dem Kerl.« Bob blies die Backen auf.

»Ich wäre froh, wenn ich nur von Jimmy träume«, sagte Peter. »Aber wahrscheinlich wird das eher ein wildes Durcheinander aus Teufelszähnen, schauerlich heulenden Windsbräuten und einem grauenvollen Schiffsuntergang, den keiner überlebt.« Er lächelte angestrengt. »Das habt ihr auch so verstanden, oder? Dass uns Jimmy von irgendeiner Schiffskatastrophe draußen am Devil's Tooth erzählt hat.«

Justus nickte. »Es ging um irgendeinen Abe, was die Kurzform für Abraham ist, der Rache nahm, weil er eine Rachel verloren hatte. Schuld daran war ein trunksüchtiger Arzt.«

»Genau. Und diese Rachel kam im Meer ums Leben, weswegen Abe dachte, er müsste Poseidon ein Opfer bringen. Oder so.« Bob sah seine Freunde fragend an.

Peter marschierte los Richtung Auto, Justus und Bob folgten. »Und Abe sprang auch irgendwo rein oder runter.«

»Rein«, sagte Justus. »Ins Meer vermutlich. Er wollte ja seine Rachel suchen.«

»Ah ja, richtig. Aber die hat er nicht gefunden, weil Poseidon sie nicht mehr rausgerückt hat.« Peter zuckte die Schultern. »Und was hat das jetzt alles mit unserem Bärtigen aus der Bucht zu tun?«

»Eben darüber bin ich mir noch nicht im Klaren«, erwiderte der Erste Detektiv und warf einen Blick nach rechts, wo eben ein Mädchen das Café Fleur verließ. Sie war ungefähr in seinem Alter und auffallend hübsch. Lange blonde Haare, dunkle Augen, ein Grübchen am Kinn. Doch sie sah nicht etwa ihn an, sondern Peter. Und mit jeder Sekunde wurden ihre Augen größer. »Doch mit ein wenig Recherche«, fuhr Justus fort, ohne den Blick von dem Mädchen zu wenden, »werden wir das vermutlich leicht herausfinden. Aber jetzt lasst uns noch zu Mr Salas und Colin …« Der Erste Detektiv zupfte seinen Freund am Ärmel. »Zweiter. Kennst du dieses Mädchen?«

»Welches Mädchen?«

»Auf zwei Uhr. Das, das dich so unverwandt anstarrt.«

Peter sah ebenfalls nach rechts. Und wusste sofort, was Sache war. »Oh nein!«

Das Mädchen machte drei schnelle Schritte und blieb vor Peter stehen. »Kann ich … kann ich«, stotterte sie und wurde dabei krebsrot, »vielleicht ein … ein Autogramm haben? Bitte?« Sie fraß Peter förmlich mit ihren Augen auf.

Der Zweite Detektiv lächelte verkniffen und winkte ab. »Tut mir echt leid. Aber ich bin nicht der, für den du mich hältst.«

»Ich … ich habe auch einen Stift dabei. In meiner … Tasche.« Sie öffnete ihr Handtäschchen und kramte darin herum. »Irgendwo muss er doch sein … ah, da!«

»Noch mal: Ich bin es nicht. Ich sehe ihm nur sehr ähnlich.«

»Hier!« Sie hielt Peter einen kleinen schwarzen Stift hin. »Der geht auch.« Sie strahlte ihn an. »Mein Kajal.«

Justus und Bob waren amüsierte Beobachter.

»Just! Bob! Sagt ihr doch mal was!«, forderte Peter seine Freunde energisch auf.

»Was denn, Texas?«, fragte der dritte Detektiv scheinheilig.

Der Zweite Detektiv verdrehte die Augen. »Na super! Ihr seid mir wahre Freunde! Gib schon her!« Er nahm dem Mädchen den Stift aus der Hand. »Hast du auch Papier?«

»Wenn du ein Fotohandy hast, kann ich auch ein Bild von dir und Texas machen«, bot sich Justus an.

Peter glaubte, nicht recht zu hören. »Bist du noch bei Trost?«

»Mist!«, ärgerte sich das Mädchen. »Hab ich leider nicht! Aber das Autogramm könntest du …«, sie stöberte noch einmal in ihrer Tasche herum, »hier draufschreiben!« Sie hielt Peter einen kleinen Taschenspiegel hin.

»Wie du willst.« Peter nahm den Spiegel und schrieb groß PETER SHAW drauf. »Bitte sehr.«

Das Mädchen sah ihn verwirrt an. »Peter Shaw? Wer ist das?«

»Ich.«

»Du? Aber ich dachte …«

»Wie gesagt: Ich bin nicht der, für den du mich hältst. Auch wenn die beiden Knilche hier dir das weismachen wollen.«

Peter bedachte seine Freunde mit mörderischen Blicken, aber Justus und Bob gaben sich völlig ahnungslos und schauten drein, als könnten sie kein Wässerchen trüben.

Das Mädchen ließ enttäuscht die Arme sinken. »Und du bist wirklich nicht Texas Lamarque?«

»Nein, bin ich wirklich nicht. Aber es war trotzdem sehr nett, dich kennenzulernen, ...?« Er sah sie fragend an.
»Jessy.«
»Jessy. Vielleicht bis irgendwann mal. Tschüss!« Der Zweite Detektiv drehte sich um und ging davon. Als Justus und Bob aufgeschlossen hatten, funkelte er sie böse an. »Was sollte das denn eben?«
»Das«, Justus grinste, »war die Rache für deine Hainummer!«
»Lieber Texas«, setzte Bob hinzu und zwinkerte treuherzig.
Peter wollte etwas erwidern, aber heraus kam nur ein unverständlicher Grunzlaut.

Einige Minuten später hatte der dritte Detektiv die Adresse gefunden, die ihnen Harry Salas nach ihrem Gespräch auf dem Schrottplatz dagelassen hatte. Auf ihr Klingeln tat sich nichts, aber Geräusche aus einem angrenzenden Werkstattschuppen verrieten ihnen, wo Salas war. Sie klopften an die verglaste Holztür und traten ein.
»Mr Salas?«, rief Justus.
Der Mann tauchte hinter dem roh gezimmerten Rumpf eines Ruderbootes auf. »Ach, ihr seid das! Kommt rein.« Er legte das Schnitzeisen zur Seite und wischte sich die Hände an seiner Latzhose ab.
Colin war auch da. Der etwa sechsjährige Blondschopf kam hinter seinem Vater hergelaufen. In der Hand hielt er einen kleinen Spielzeughammer und schaute die drei ??? aufmerksam an.
»Wir wollten Ihnen nur über unsere bisherigen Unternehmungen Bericht erstatten«, sagte Bob. »Haben Sie gerade Zeit?«

»Ja, das trifft sich gut. Ich wollte ohnehin gerade ins Haus und uns was zu essen machen. Habt ihr Hunger?«

Die drei Detektive hatten Hunger. Eine Viertelstunde später saßen sie alle um den Küchentisch im angrenzenden Wohnhaus, blickten über die Veranda aufs Meer und ließen sich aufgewärmte Spaghetti mit Thunfisch und Parmesan schmecken. Eine Mrs Salas gab es nicht, wie die drei Jungen erfuhren. Nicht mehr. Seit Colins Geburt nicht mehr.

Sie erzählten Harry Salas, was sie bisher in Erfahrung gebracht hatten, mussten aber mit Rücksicht auf Colin vieles sehr vorsichtig formulieren oder umschreiben. Die drei ??? lernten Colin als genau den Jungen kennen, als den ihn sein Vater beschrieben hatte: ruhig, aufgeweckt und liebenswürdig. Ein für sein Alter absolut glaubwürdiger Augenzeuge. Sie ließen sich auch von ihm noch einmal erzählen, was er damals in der Bucht beobachtet hatte. Colin erteilte bereitwillig Auskunft, aber es war ihm anzumerken, dass ihm das Erlebnis immer noch zusetzte.

Salas war sich dessen natürlich bewusst. »Colin, wenn du willst, kannst du dir ›Findet Nemo‹ zu Ende ansehen«, schlug er seinem Sohn vor, als dessen Teller leer war.

Colin schaute seinen Vater freudig überrascht an. »Echt?«

»Klar. Wir müssen noch ein paar langweilige Dinge besprechen.«

»Danke, Daddy!« Colin rutschte vom Stuhl und hopste aus dem Zimmer.

»Aber wasch dir vorher den Mund ab. Und die Hände!«

»Klaro!«, rief Colin aus dem Gang.

Salas' Gesicht verdüsterte sich schlagartig. »Es ist besser, wenn Colin so wenig wie möglich von der Sache mitbekommt. Er hat das alles immer noch nicht verarbeitet. Letzte Nacht ist er sogar zu mir ins Bett gekrochen, was er sonst nie tut.« Er blickte von der Tür, durch die Colin verschwunden war, zu den drei ???. »So, ich übersetze jetzt mal, was ihr netterweise so harmlos verpackt habt. Dieses Mädchen, Fiona, wurde womöglich von einem Alten mit Bart, der tropfnass war, in eine Höhle geschleppt. Habe ich das richtig verstanden?«

Justus nickte. »Dieser Verdacht besteht. Wir werden unsere Nachforschungen, was die seltsamen Vorkommnisse betrifft, natürlich in alle Richtungen betreiben. Und dazu wird auch gehören, einen möglichen Zusammenhang mit jener verworrenen Geschichte herzustellen, die uns dieser Jimmy Blue Eye erzählt hat.«

Salas sah auf den Tisch, sagte nichts.

»Nicht dass wir hier übernatürliche Kräfte am Werk sähen. Aber in vielen unserer Fälle ergaben sich doch erstaunliche Bezüge zwischen der Realität und scheinbar rational nicht erklärbaren Begebenheiten. Doch dazu müssen wir erst genauere Recherchen anstellen und wissen, was Jimmy gemeint hat.«

Salas zögerte. »Müsst ihr nicht.«

»Bitte?«

Der Mann atmete tief durch. »Ich weiß, was Jimmy meint. Jeder in Paradise Cove weiß das. Zumindest, wenn er länger hier gelebt hat. Ich wusste das auch schon, als ich neulich bei euch war.« Er kniff die Lippen zusammen. »Aber zum einen wollte ich, dass ihr möglichst neutral an die Sache rangeht, und zum anderen hatte ich Angst, dass ihr den Fall nicht annehmt, wenn ihr die Geschichte kennt. Und ich wusste nicht, an wen ich mich sonst wenden sollte.«

»So schlimm?«, fragte Peter beklommen.

Salas nickte. »Vor etwa achtzig Jahren sank draußen am Devil's Tooth ein alter Schoner namens Kassiopeia. Alle siebzehn Mann, die an Bord waren, kamen dabei um. Und der Grund dafür war nicht etwa die raue See in dieser Nacht oder die Dunkelheit. Nein, schuld war Abraham Merryweather, der Leuchtturmwärter. Er hatte das Schiff mit voller Absicht auf das Riff gelenkt.«

Bob erschrak. »Er hat *was*? Wollen Sie damit sagen ...?«

»Genau. Wobei das noch nicht die ganze Geschichte ist. In der Nacht zuvor hatte Merryweather vergeblich auf den Arzt gewartet, der seine kranke Tochter Rachel behandeln sollte. Aber der Arzt kam und kam nicht und Rachel ging es immer schlechter. Merryweather packte schließlich seine Tochter ins Boot und ruderte durch die Bucht. Die Straße zum Leuchtturm gab es damals noch nicht und der Durchgang zum Strand wurde erst vor zwanzig Jahren freigesprengt. Merryweather ruderte also mitten in der Nacht los, aber Sturm kam auf, eine Welle erfasste das Boot und sie kenterten. Rachel ging über Bord und wurde nicht mehr gesehen. Merryweather rettete sich an Land und tauchte morgens um vier halb wahnsinnig vor Wut und Verzweiflung vor dem Haus des Arztes auf. Es stellte sich heraus, dass der Arzt wieder mal zu viel getrunken hatte und vor dem Kamin eingeschlafen war. Dessen Diener konnte den rasenden Merryweather nur mit größter Mühe davon abhalten, dem Arzt etwas anzutun. Nachts darauf hat Merryweather die Kassiopeia mit falschen Signalen auf das Riff geleitet und ist dann selbst von der Klippe ins Meer gesprungen. Der Schmerz über den Verlust seiner geliebten Tochter hat ihn den Verstand verlieren lassen. Seine Leiche wurde nie gefunden.«

Die drei ??? schwiegen betroffen. Was für eine furchtbare Geschichte. Aber sie war immer noch nicht zu Ende.

»Und seitdem«, fügte Salas leise hinzu und blickte dabei starr vor sich hin, »geht die Legende, dass Merryweather immer noch irgendwo da draußen ist und nach seiner Rachel sucht.«

Peter wollte einen Schluck trinken, weil seine Kehle plötzlich wie ausgetrocknet war. Aber er brachte jetzt nichts hinunter und stellte das Glas wieder hin. Auch Bob hatte es die Sprache verschlagen. Er musste an die Höhle am Strand denken, an Fiona und den bärtigen Mann, den sie gesehen hatte. Den nassen, bärtigen Mann. Aus dem Nebenraum hörte er Colin vor dem Fernseher lachen.

»Hat sich«, Justus musste sich erst räuspern, weil ihm ein Kloß im Hals steckte, »hat sich dieses Unglück an einem siebten Dezember ereignet?«

Salas sah auf. »Wie kommst du darauf?«

»Weil Jimmy Blue Eye dieses Datum erwähnt hat. Er hat es zwei- oder dreimal vor sich hin gemurmelt, nachdem er uns seine Version der Geschichte erzählt hatte.«

Salas schüttelte den Kopf. »Die Kassiopeia ist irgendwann im März gesunken. Mitte März, glaube ich. Mit dem siebten Dezember hat die Sache meines Wissens nichts zu tun.«

Interessante Neuigkeiten

Die drei Detektive schauten sich ratlos an. Was hatte Jimmy Blue Eye dann gemeint, als er den siebten Dezember erwähnte? Wusste er mehr als Salas? Oder durfte man den Alten nicht so ernst nehmen? War der siebte Dezember irgendein belangloses Datum gewesen, das er einfach vor sich hin gemurmelt hatte, weil es ihm gerade in den von Rum umnebelten Sinn gekommen war? Die nächste Lottoziehung, ein Termin beim Zahnarzt, das Verfallsdatum seines Kautabaks? Der Ausdruck in seinem Gesicht hatte allerdings anderes vermuten lassen.

»Sagt Ihnen der siebte Dezember sonst irgendetwas?«, hakte Justus noch einmal nach.

Salas schüttelte den Kopf. »Nein. Gar nichts.«

Der Erste Detektiv nickte. »Ist Ihnen ansonsten in letzter Zeit noch irgendetwas … Bemerkenswertes oder Merkwürdiges aufgefallen in Paradise Cove? Ereignisse, Personen, Dinge? Irgendetwas, das anders war als sonst?«

Salas holte Luft, schaute zum Fenster, wartete. Sein Blick hatte sich verfinstert.

Was hatte Salas auf einmal? Justus' Aufmerksamkeit war geweckt. Auch Peter und Bob merkten, dass irgendetwas mit Salas nicht stimmte.

»Mr Salas?« Peter schaute den Mann gespannt an.

»Bitte?« Salas tat so, als wäre er kurz abwesend gewesen.

»Mr Salas.« Justus sprach langsam und nachdrücklich. »Hat sich in Paradise Cove noch etwas ereignet, was unter Umständen mit den Geschehnissen zu tun hat, von denen wir bisher wissen?«

»Du meinst …«

»Ob da noch mehr war als das, was Colin gesehen hat und wir heute mitbekommen haben?«

Salas sog die Luft ein und nickte kaum merklich. »Ja, da war noch was«, sagte er fast widerwillig. »Ein paar … Dinge.«

»Nämlich?«

Salas hatte überhaupt keine Lust, darüber zu reden. Das war ihm mehr als deutlich anzusehen. »Oben am Leuchtturm wohnt seit einigen Monaten ein Typ. Und der hatte auch immer wieder mit dieser … Sache zu tun.«

»Sie meinen Mr Cristobal?«, fragte Peter.

»Ihr kennt ihn?«

Man musste kein Hellseher sein, um feststellen zu können, dass Salas nicht sonderlich gut auf Eliah Cristobal zu sprechen war. Seine Miene, seine Stimme, die Tatsache, dass er Cristobal als »Typ« bezeichnet hatte, der mit dieser »Sache« zu tun hatte – Salas mochte Cristobal nicht, warum auch immer.

»Ja«, sagte Bob. »Er war heute auch mit am Strand und hat bei der Suche nach Fiona geholfen. Wir hörten Mr Kramer rufen, als wir gerade bei ihm im Haus waren.«

»Natürlich.« Salas lächelte hämisch.

Justus sah ihn neugierig an. »Gibt es da irgendein … Problem zwischen Ihnen und Mr Cristobal?«

»Kein Problem«, erwiderte Salas, aber sein sarkastischer Tonfall sagte das genaue Gegenteil. »Also gut, hört zu. Vor drei, vier Wochen, es war ein milder Abend, viele Leute saßen am Hafen draußen und genossen den sternenklaren Himmel, brannte auf einmal wieder das Feuer im Leuchtturm. Ich meine, das *Leucht*feuer – der ist ja irgendwann nach dem Krieg elektrifiziert worden.«

»Wie, das Leuchtfeuer brennt sonst nicht?«, fragte Bob nach.

»Nein, schon seit zwanzig Jahren nicht mehr. Aber auf einmal war da wieder ein Licht, das sich im Kreis drehte und gleichmäßig übers Wasser strich. Alle sprangen sofort auf. Also, die, die wussten, dass da was nicht stimmt.«

»Wo war Mr Cristobal zu dem Zeitpunkt?«, wollte Peter wissen.

»In der Goldenen Galeone.«

»Diesem Restaurant?«

»Ja.«

»Waren Sie auch am Hafen?«

Salas nickte ins Wohnzimmer. »Ihr denkt, ich gehe abends weg und lasse Colin allein hier? Nein, ich war hier, habe, glaube ich, meine Buchhaltung gemacht. Was passiert ist, weiß ich, weil im Ort tagelang über nichts anderes gesprochen wurde. Jedenfalls fährt ein ganzer Trupp rauf zum Leuchtturm, aber als sie ankommen, ist da kein Licht mehr. Nada.« Salas kreuzte die Hände über dem Tisch. »Und sie finden auch niemanden, der es angemacht haben könnte. Keiner da. Aber als sich die Leute umsehen, entdecken sie Fußspuren, die zur verschlossenen Tür des Leuchtturms führen.«

»Fußspuren? Was für Fußspuren?«, wunderte sich Bob.

»Die Tür war verschlossen?« Peter spürte ein unangenehmes Kribbeln in der Magengegend.
Salas lächelte wieder sein ironisches Lächeln. »Wie immer, seit ich den Turm kenne, ja. Und die Fußspuren waren nasse Spuren, kein Dreck oder Schlamm oder so. Wobei das Wasser Salzwasser war. Es sah ganz so aus, als wäre jemand aus dem Meer gekommen.«
»Mich laust der Affe!«, entfuhr es Peter.
Salas verzog keine Miene. »Drei Tage später fuhr Cristobal mit einem Ruderboot aufs Meer hinaus. Vermutlich um sich von den Wellen oder der Sonne oder was weiß ich inspirieren zu lassen. Ich bin nur ein einfacher Schiffsschreiner und habe keine Ahnung, was Schriftsteller wie und warum tun, damit ihnen was einfällt, womit sie unschuldiges Papier quälen können.«
Nein, dachte sich der dritte Detektiv, er mag ihn nicht. Gar nicht. Aber warum? Was hatte der Mann ihm getan? Mochte er keine Schriftsteller? Hatte er womöglich Minderwertigkeitskomplexe? Er, der schlichte Handwerker, und Cristobal, der geniale Denker? Bob warf Justus einen unauffälligen Blick zu und stellte fest, dass seinem Freund offenbar ähnliche Gedanken durch den Kopf gingen.
»Na ja, der Kerl rudert also und plötzlich schlägt ihm von unten irgendetwas ein Loch ins Boot. Das Boot läuft voll, Cristobal rettet sich schwimmend ans Ufer, große Aufregung, halb Paradise Cove fährt raus aufs Meer, findet aber nichts und niemanden außer dem leckgeschlagenen Boot auf dem Grund der Bucht.«
»Irgendetwas hat ein Loch ins Boot geschlagen?« Justus ver-

suchte sich die Szene vorzustellen. »Richtiggehend geschlagen? Oder fuhr er auf einen Felsen auf?«
Salas zuckte die Schultern. »Geschlagen. Das hat er jedenfalls erzählt. Und vor ein paar Nächten stürzte dann auch noch sein uralter Jeep über die Klippen ins Meer.«
»Wie – sein Jeep stürzte ins Meer?«, fragte Peter. »Ohne ihn?«
»Der Jeep hatte angeblich in dem Schuppen neben dem Leuchtturmwärterhäuschen gestanden, dessen Türen verschlossen waren. Aber als Cristobal morgens losfahren wollte, hing das Ding völlig demoliert unten zwischen den Felsen.«
Bob schüttelte nachdenklich den Kopf. »Das ist ja unglaublich! Irgendjemand scheint es da mächtig auf Mr Cristobal abgesehen zu haben.«
Salas schwieg.
»Vielleicht«, überlegte Peter, dem plötzlich eine äußerst beunruhigende Idee gekommen war, »weil ihn dieser Jemand von da oben vertreiben will. Hat denn vor Cristobal und nach Merryweather schon mal jemand in dem Leuchtturmhäuschen gewohnt?«
Salas zuckte die Schultern. »Das weiß ich nicht. Ich nehme es an. Dazwischen liegen ja achtzig Jahre. Aber wer sollte ein Interesse haben, Cristobal da oben weghaben zu wollen? Da ist nichts! Ein alter Leuchtturm, ein schäbiges Haus, Wind und ein paar Möwen. Ich würde da nicht umsonst wohnen wollen.«
Justus seufzte. »Sie würden sich wundern, wie viele Fälle uns schon untergekommen sind, in denen sich ein Geheimnis an einem Ort verbarg, an dem keiner damit rechnete.«

Salas sah ihn skeptisch an. »Was sollte es in der Bruchbude schon Wertvolles geben?«
»Das weiß man immer erst dann, wenn man es gefunden hat.« Peter senkte die Stimme. »Und wenn die Legende wahr ist? Wenn Merryweather tatsächlich in der Bucht herumspukt und ganz einfach nicht will, dass sich jemand in dem Haus aufhält, in dem er mit seiner geliebten Rachel gelebt hat?«
Der Erste Detektiv lächelte milde. »Sie müssen entschuldigen«, sagte er zu Salas, »aber Peter neigt manchmal dazu, die Erklärung für zunächst scheinbar übersinnliche Ereignisse im Reich der Geister und Dämonen zu suchen.«
»Im Moment scheint mir das gar nicht so abwegig zu sein«, sagte Salas ernst und Peter grinste ein Da-hast-du's!-Grinsen.
»Was mich allerdings wundert«, wechselte Bob das Thema, »ist die Tatsache, dass Cristobal uns gegenüber kein Sterbenswörtchen von diesen Dingen erwähnt hat. Wir waren am Strand doch lange genug mit ihm zusammen und er wusste, dass wir im Fall dieses bärtigen Alten recherchieren.«
»Sieht ihm ähnlich«, meinte Salas verächtlich.
»Wie meinen Sie das?«, fragte Peter.
»Er macht nicht viel Aufhebens um die Sache, will dort oben auch nicht wegziehen und stellt sogar todesmutig selbst Nachforschungen an.« Salas nickte abschätzig. »Deswegen hält ihn jeder im Ort für einen echten Helden.«
Justus versuchte es noch einmal. »Aber es gibt da keine Probleme, was Sie und Mr Cristobal anbelangt?«
»Keine Probleme, alles easy.«
Wer's glaubt, dachte sich nicht nur der Erste Detektiv. Aber

Salas wollte nicht darüber reden und zwingen konnten sie ihn nicht. »Okay.« Justus machte Anstalten aufzubrechen. »Das sind durchaus interessante Neuigkeiten, denen wir in jedem Fall nachgehen werden. Inwieweit sie mit dem Ereignis zu tun haben, das Colin beobachtet hat, wird sich dann herausstellen.« Er sah seine Freunde an. »Dann lasst uns fahren, oder? Wir haben noch einiges zu erledigen.«

Peter nickte, aber Bob hatte noch etwas auf dem Herzen.

»Eine Sache noch«, sagte der dritte Detektiv. »Rachel Merryweather. Wissen Sie, wie alt sie war, als das Unglück geschah?«

»So um die fünf, sechs Jahre«, erwiderte Salas.

Bob warf seinen Freunden einen bedeutungsvollen Blick zu. »Rachel war also in etwa in dem Alter, in dem auch Ihr Sohn Colin und Fiona sind.«

»Merryweather sucht seine Tochter! Na klar!«, rief Peter. »Die Kinder! Das ist der Zusammenhang, nach dem wir gesucht haben!«

Salas wirkte besorgt. »Aber warum erst jetzt? Nach über achtzig Jahren?«

»Eben«, sagte Justus mit Blick auf Peter.

»Wie dem auch sei«, fuhr Bob fort. »Aber es wäre unter Umständen hilfreich zu wissen, welche Kinder in Paradise Cove noch in diesem Alter sind. Kennen Sie noch andere Fünf-, Sechs-, Siebenjährige?«

Salas legte seine Stirn in Falten. »Ich kann natürlich nicht für die Touristen sprechen. Aber Paradise Cove selbst hat nicht viel Einwohner. So um die zweihundert. Wir haben nicht mal eine eigene Schule. Colin muss nach Malibu. Andere Kinder in seinem Alter … hm … mal überlegen …« Salas dachte nach. »Die kleine Sandra von den Ashtons ist vor Kurzem sechs geworden. Joshua Fields, sieht älter aus, ist aber auch erst sieben.« Er machte eine Pause. »Heather Goodstein!«, fiel ihm plötzlich noch ein. »Die könnte auch in dem Alter sein. Aber ansonsten …«

Der dritte Detektiv runzelte die Stirn. Goodstein. Den Namen kannte er doch. Goodstein. Irgendetwas mit Kunst. Hatte er den Namen in einem Magazin gelesen? Oder in einem Katalog? Nein, das war kein Künstler. Das war … ja, genau!

»Sprechen Sie von Albert Goodstein, dem bekannten Kunstsammler?«, fragte Bob.
»Ob er Albert heißt, weiß ich nicht«, antwortete Salas. »Ich kenne den Mann eigentlich nur vom Sehen. Was wohl für die meisten im Ort gilt. Er lebt mit seiner Familie sehr zurückgezogen und hat meines Wissens keinen oder kaum Kontakt zu den Menschen hier. Aber er hat irgendwas mit Kunst zu tun, ja.«
»Woher kennst du diesen Goodstein?«, wollte Peter wissen.
»Ich habe mal was über ihn gelesen. Er ist ein bedeutender Sammler, aber sehr öffentlichkeitsscheu. Soweit ich weiß, hat es ihm vor allem japanische Kunst angetan. Tuschemalereien, Kalligrafien, Porzellan und so was. Aber das ist auch schon alles, was ich weiß. Ich glaube, ich habe noch nicht mal ein Foto von ihm gesehen.«
»Und womit verdient er das Geld, mit dem er sich diese Kallidingsbums kauft?«, fragte der Zweite Detektiv.
»Kalligrafien. Sehr kunstvolle Handschriften«, korrigierte Justus. »Hat Goodstein nicht irgendetwas mit Autos zu tun? Ich glaube mich zu erinnern, mal etwas in der Richtung gelesen zu haben.«
»Stimmt!«, sagte Bob. »Jetzt fällt's mir wieder ein. Er designt Autos. Aber er stammt auch aus einer sehr vermögenden Familie, die, glaube ich, mit Öl ihr Geld gemacht hat. Und ich

wusste auch, dass er irgendwo in der Nähe von Malibu lebt, deswegen hat mich der Name stutzig gemacht.«

»Wobei man von ›leben‹ eigentlich kaum sprechen kann«, meinte Salas. »›Residieren‹ passt da schon eher. Das Anwesen oben am Berg ist wirklich prächtig. Zumindest das, was man davon sieht. Das meiste verschwindet hinter hohen Mauern, Bäumen und Büschen.«

Justus blickte Salas unauffällig an. Aber im Gegensatz zu der Art, wie er über Cristobal gesprochen hatte, waren seine Stimme und sein Ausdruck jetzt frei von jedweder Feindseligkeit. Er schien Goodstein sogar ein wenig zu bewundern.

»Heather Goodstein also«, fasste Bob zusammen. »Sonst fallen Ihnen keine Kinder in dem Alter mehr ein?«

»Nein. Ich werde mich allerdings umhören, wenn euch das hilft.«

»Das wäre nett.«

Peter trank sein Glas leer, dann verabschiedeten sich die drei ??? von Harry Salas. Sie riefen auch Colin noch ein »Tschüss!« ins Wohnzimmer, aber der saß mit offenem Mund vor dem Fernseher und nickte nur abwesend. Nemo war gerade durch die Kanalisation entkommen.

Als die drei Detektive jedoch das Haus verlassen wollten, hielt sie Salas noch einmal zurück. Das heißt, er hielt Peter zurück.

»Ähm, was ich dir schon die ganze Zeit sagen wollte: Weißt du übrigens, dass du ungeheure Ähnlichkeit mit diesem … na … diesem … Texas Lamarque hast?«

Der Zweite Detektiv lächelte bemüht. »Das hat man mir schon mal gesagt, ja.«

»Wirklich verblüffend!«
Justus und Bob grinsten wissend.
Als sie sich ein Stück weit von Salas' Haus entfernt hatten – Peter murmelte leise Flüche vor sich hin –, sprach Bob an, was allen dreien vorhin durch den Kopf gegangen war: »Kollegen, habt ihr irgendeine Erklärung dafür, wieso Salas so schlecht auf Cristobal zu sprechen ist? Da ist doch was im Busch!«
»Das ist mehr als offensichtlich«, stimmte ihm Justus zu. »Doch dafür kann es viele Gründe geben. Auffällig fand ich allerdings die verächtliche Art, mit der Salas Cristobals Verhalten angesichts der beängstigenden Vorkommnisse geschildert hat.«
Peter nickte. »Ein echter Held!«, machte er Salas' Tonfall nach.
»Zum Beispiel.« Der Erste Detektiv überlegte. »Am ehesten würde ich im Moment auf Neid oder Eifersucht tippen. So hörte es sich für mich jedenfalls an.«
»Könnte hinkommen«, meinte Peter. »Aber wenn eifersüchtig: Auf wen? Oder was? Oder warum?«
Justus zwinkerte seinem Freund zu. »Na ja, nicht jeder ist der geborene Held, der sich mit Werwölfen und Haien anlegt. Manche müssen erst sehr schmerzvoll lernen, sich mit ihrer bescheidenen Existenz zu arrangieren.«
Peter gab sich mitfühlend. »Ich weiß, du sprichst aus Erfahrung. Aber die nächste Diät klappt sicher, Erster! Ganz bestimmt!«
Bob lachte laut auf, während sich Justus' Gesicht verfinsterte. Auf seine überschüssigen Pfunde wurde der Erste Detektiv überhaupt nicht gern angesprochen.
»Ab nach Hause!«, sagte Bob und schloss seinen Käfer auf. »Es gibt viel zu tun.«

»Fahr aber vorher noch bei Goodstein vorbei«, grummelte Justus und stieg ein. »Ich möchte mir mal ansehen, wie der so lebt.«

»Und wieso gerade Goodstein?«

»Weil er unter den bisher Beteiligten eine gewisse Sonderstellung einnimmt. Und weil«, der Erste Detektiv überlegte, »es irgendeine Verbindung zwischen dem gibt, was Jimmy Blue Eye und Salas gesagt haben.«

»Eine Verbindung, die Goodstein betrifft?«

Justus nickte mit Verzögerung. »Ja, aber das ist im Augenblick noch eher ein Instinkt. Irgendetwas war da, aber ich weiß noch nicht, was.«

»Hm, mir ist nichts aufgefallen.« Bob ließ den Motor an und fuhr los. »Dir, Peter?«

»Auch nichts, nein.«

Oben am Berg, hatte Salas gesagt. Dort würde Goodstein residieren. Der dritte Detektiv steuerte seinen Käfer in eine der Straßen, die vom Zentrum wegführten und die hinter dem Ort liegenden Anhöhen erklommen. Von diesen Straßen und Sträßchen gab es jedoch einige, wie sich herausstellte, sodass sich die Suche hinzog. Und zunächst entdeckten sie auch kein Haus, das der Beschreibung von Salas auch nur halbwegs entsprochen hätte. Die Häuser waren hübsch hier oben, keine Frage. Aber ein prächtiges Anwesen, wie Salas sich ausgedrückt hatte, war nicht dabei. Hatte Salas übertrieben?

»Da!«, rief Peter auf einmal und zeigte nach vorn. »Das könnte es sein! Hohe Mauern, 'ne Menge Bäume und ein mächtiges Einfahrtstor. Sieht doch um einiges imposanter aus als die Häuser, an denen wir bisher vorbeigekommen sind.«

»Möglich wäre es.« Justus beugte sich nach vorn. »Fahr mal langsamer, Dritter.«

Bob schaltete herunter und sah ebenfalls nach links zum Fenster hinaus. Das Grundstück musste tatsächlich ziemlich groß sein. Die hellgelb gestrichene, mehr als mannshohe Mauer zog sich zu beiden Seiten des zweiflügeligen Tores, auf das der Käfer zurollte, gut hundert Meter die Straße entlang. Dicht hinter der Mauer reihten sich zahlreiche Büsche und Bäume aneinander, die es fast unmöglich machten, von der Straße einen Blick auf die oberen Stockwerke des Hauses zu erhaschen. Nur ab und zu blitzte ein Fenster, ein Balkongitter oder ein Stück des roten Daches durch das Geäst. Auch so war klar: Die Ausmaße des Gebäudes mussten beträchtlich sein.

Plötzlich entdeckte Peter etwas auf der Mauerkrone. »Was sind denn das da für Dinger?« Er zeigte auf ein etwa handgroßes, weißes Gerät. »Dahinten habe ich auch gerade eines gesehen.«

»Das müssten Bewegungsmelder sein«, mutmaßte der Erste Detektiv. »Goodstein scheint sehr daran gelegen, dass niemand unbefugt sein Grundstück betritt.«

»Verständlich«, meinte Bob. »Seine Kunstsammlung soll ein Vermögen wert sein.«

»Du denkst, er bewahrt seine Schätze hier auf?« Peter rückte noch näher an das Fenster des Käfers.

»Sieht doch ganz danach aus«, erwiderte Bob.

Der Zweite Detektiv überlegte. »Das könnte ein Grund sein, warum er so zurückgezogen lebt. Wenn man das ganze Haus voller –« Peter hielt inne. »Habt ihr das gehört?«

»Was denn?« Justus spitzte die Ohren.
»Da hat doch – ein Hund! Zwei Hunde!«, erkannte Peter.
»Und mächtig aufgeregt! Kommt das von da drinnen?«
Der dritte Detektiv kurbelte das Seitenfenster herunter. Jetzt war das wütende Gekläffe deutlich zu hören.
»Das sind keine Pekinesen!« Peter sah alarmiert zum Tor, von dem sie nur noch zwanzig Meter entfernt waren. »Die sind um einiges größer! Viel größer!«
Dann, wie ein Blitz aus heiterem Himmel, sprang plötzlich eine Gestalt von innen das Einfahrtstor hoch. So heftig, dass das Gitter erzitterte. Eine Gestalt mit einer schwarzen Kapuze, sodass sie das Gesicht nicht erkennen konnten. Die drei ??? zuckten förmlich zurück und der dritte Detektiv trat reflexartig auf die Bremse.
»Was zum Teufel!«, entfuhr es Peter.
»Weiter, Bob! Fahr weiter!«, rief Justus.
Bob gab wieder Gas. Vor ihnen kletterte die Gestalt das gut und gerne vier Meter hohe Tor hinauf. Flink wie ein Affe erklomm sie die Gitterstäbe. Dann waren die Hunde unter ihr. Zwei riesige Dobermänner! Wutentbrannt und mit hochgezogenen Lefzen bellten sie dem Flüchtenden hinterher, drehten sich vor Aufregung im Kreis und stellten sich auf die Hinterbeine. Aber die Gestalt war bereits außer Reichweite ihrer weit aufgerissenen Rachen.
»Der haut ab!« Peter klemmte sich zwischen die Vordersitze. »Könnt ihr was erkennen? Ist das ein Typ? Oder eine Frau? Der ist so klein. Oder die.«
Der Unbekannte hatte das obere Ende des Tores erreicht. Be-

hände schwang er sich über den Rahmen und kletterte auf der anderen Seite hinunter.
»Eine Frau!« Bob hielt auf der anderen Straßenseite direkt gegenüber dem Tor und sprang aus dem Käfer.
»Ein Mann!« Justus stieg rechts aus. »Bleiben Sie stehen!«, rief er dem Flüchtenden hinterher.
»Ein Junge! Das ist doch ein Junge!« Peter warf den Beifahrersitz nach vorn und schob sich nach draußen.
In diesem Moment krachte ein Schuss durch die Luft! Und gleich noch einer! Der erste jagte ins Nirgendwo, aber die zweite Kugel streifte eine der Gitterstangen des Tores, schlug dabei Funken und jagte dann pfeifend an Bobs Ohr vorbei.
»In Deckung!«, schrie Justus und warf sich auf den Boden. Bob tat es ihm gleich und Peter sprang zurück hinter den vorgeklappten Beifahrersitz.
Aus dem Augenwinkel sah der dritte Detektiv, wie der Eindringling aus großer Höhe vom Tor herabsprang, federnd auf dem Asphalt landete und dann die Straße hinunterrannte.
»Lass dich hier nie mehr blicken!«, schrie eine erboste Stimme. Noch ein Schuss.
»Los, ins Auto!«, befahl Justus. »Weg hier! Wir nehmen die Verfolgung auf!«
»Liebend gerne!« Bob machte, dass er zurück in den Käfer kam. Draußen war es mehr als ungemütlich. Er warf noch einen Blick durch die Gitterstäbe, konnte aber nur schemenhaft eine große Gestalt erkennen, die vor dem Haus stand. Justus sprang ins Auto, Bob warf sich auf den Fahrersitz, legte den Gang ein und brauste los.

Irrungen und Wirrungen

»Da vorne rennt er!« Peter hing wieder zwischen den Vordersitzen und zeigte durch die Windschutzscheibe. Der oder die Unbekannte hatte etwa fünfzig Meter Vorsprung.

»Läuft wie ein Mann«, stellte Justus fest.

»Oder ein Junge. Teenager. Für einen Mann ist der doch viel zu klein«, widersprach Peter.

»Es gibt auch kleine, schmale Männer.«

»Aber noch viel mehr kleine, schmale Teenager.«

Bob holte mit jeder Sekunde auf. Noch dreißig Meter, noch zwanzig. Der Fremde drehte sich um. Seine Kapuze war verrutscht.

»Das ist doch eine Frau!«, rief Bob. »Er biegt ab! Äh, sie!«

Die Gestalt nahm die nächste Querstraße, die weiter bergauf führte. Nur noch wenige Häuser standen hier. Dahinter begann die felsige Wildnis.

»Wir müssen ihn kriegen, bevor er ins Dickicht abhaut!«, rief Peter. »Der Kerl ist so teuflisch flink und da oben geht der Wald los. Da sehen wir ihn dann gar nicht mehr in seinen dunklen Klamotten.«

»Das ist kein Kerl!«, beharrte Bob.

»Doch«, widersprach Justus. »Habt ihr nicht die schmalen, dunklen Augen gesehen, als er sich umgedreht hat? Asiatische Gesichtszüge! Und ich bin mir sicher, dass es ein Mann ist.«

»Ein Chinese? Du denkst, das ist ein Chinese?«, fragte Peter.
»Oder ein Koreaner, ein Vietnamese, ein Japaner – ›Asiat‹ ist nur eine Bezeichnung für –«
»Schon klar«, unterbrach Peter seinen Freund. »Bob, drück drauf! Du hast ihn gleich!«
Der dritte Detektiv hatte bis auf fünf Meter zu dem Flüchtenden aufgeschlossen. Hohe Zäune und Mauern rechts und links hatten bis hierher verhindert, dass der Mann die Straße schnell verlassen konnte. Doch als Bob fast neben ihm war, hörte das letzte Grundstück auf. Der Mann schlug einen Haken und tauchte in das Gestrüpp rechts neben der Straße ein.
»Anhalten!«, forderte Peter.
Bob trat auf die Bremse und Justus riss die Tür auf.
»Stehen bleiben! Bleiben Sie stehen!«, rief der Erste Detektiv noch im Aussteigen. Doch der Mann dachte überhaupt nicht daran.
»Lass mich vorbei!« Peter sprang aus dem Auto, schob Justus zur Seite und rannte dem Fremden hinterher. Wenn einer der drei Detektive eine Chance hatte, ihn zu stellen, dann Peter.
»Fahr du noch ein Stück die Straße rauf und kreise ihn von oben ein!«, wies Justus Bob an. »Ich folge Peter!«
»Alles klar!« Der Erste Detektiv schlug die Tür zu und Bob stob mit durchdrehenden Reifen davon.
Der Zweite Detektiv hatte den Mann im Blick. Wieselflink huschte er durch die Büsche. Der Bewuchs war hier noch überschaubar und bestand vor allem aus dornigem Gestrüpp und kleineren Bäumen, die zudem ihr Laub zum großen Teil abgeworfen hatten. Erst weiter oben wurde der Baumbestand

dichter. Das hatte auch der Unbekannte bemerkt und rannte daher bergauf.
Peter orientierte sich kurz und schlug dann einen etwas anderen Weg ein. Ihm war eine Art Schneise aufgefallen, die ebenfalls in gerader Linie nach oben führte. Dieser Pfad war viel weniger bewachsen, hier kam er deutlich schneller voran. Peter verlor keine Zeit, behielt den Fremden aber immer im Auge.
Ein Asiat, meinte also Justus. Und so, wie er da durch die Büsche sauste, ein sehr beweglicher und sportlicher Asiat. Peter fielen Kampfsportarten ein, für die Asiaten berühmt waren. Wenn der Kerl eine von ihnen beherrschte, konnte die Begegnung sehr unangenehm werden. Der Zweite Detektiv war zwar einen guten Kopf größer, aber gegen einen durchtrainierten Karatekämpfer hatte er kaum eine Chance.
Dann hatte der andere ihn entdeckt! Ein kurzer Blick zur Seite und er wusste, dass Peter hinter ihm her war und aufgeholt hatte. Sofort änderte der Unbekannte die Richtung und rannte jetzt parallel zum Berg. Peter hatte keine andere Wahl, er musste sich jetzt auch in die Büsche schlagen.
»Just!«, schrie er nach hinten. »Südosten!«
Der Untergrund wurde felsiger, die Büsche lichteten sich sogar ein wenig. Und Peter holte immer weiter auf. Der andere war schnell, aber der Zweite Detektiv konnte das Tempo noch ein wenig anziehen und den Abstand kontinuierlich verringern. Vielleicht hatte sich der Mann vorher schon verausgabt, als er auf Goodsteins Grundstück eingedrungen war. Wie war er da überhaupt reingekommen?, überlegte Peter. Da waren doch diese Bewegungsmelder gewesen. Egal, jedenfalls sah es ganz

danach aus, als könnte er den Kerl tatsächlich schnappen. Blieb das Karate-Problem.

Auf einmal stoppte der Mann. Und Peter, der noch zwanzig Meter hinter ihm war, sah sofort, warum. Vorn war eine Schlucht. Sie war nicht breit, vielleicht fünf oder sechs Meter. Sicher ein Bachlauf, der sich über die Jahrtausende hier eingegraben hatte. Jetzt hatte er ihn!

Doch auf einmal machte der Mann kehrt und rannte auf Peter zu. Der Zweite Detektiv blieb stehen und starrte den Fremden an. Asiat, unverkennbar. Er tippte auf Japaner. Aber was, zum Henker, hatte der Kerl vor? Kämpfen? Peters Nackenhaare sträubten sich und er ging in Position.

Doch drei Meter vor dem Zweiten Detektiv stoppte der Mann. Er atmete schwer und beide sahen sich für eine, für zwei Sekunden in die Augen. Peter hatte die Fäuste immer noch erhoben, doch in den Augen seines Gegenübers erkannte er keine Aggression. Eher so etwas wie … Verzweiflung. Dann drehte sich der Fremde wieder um – und raste auf die Schlucht zu!

»Nein!«, schrie Peter, der ahnte, was der andere vorhatte. »Tun Sie das nicht!« War der lebensmüde?

Doch der Unbekannte ließ sich nicht aufhalten. Mit einem schrillen Kampfschrei stieß er sich kurz vor der Kante ab und sprang über die Schlucht.

Peter hielt den Atem an. Wie in Zeitlupe sah er den Mann durch die Luft fliegen. Ein riesiger schwarzer Vogel mit ausgebreiteten Schwingen. Der Zweite Detektiv schätzte die Entfernung ab und befürchtete das Schlimmste.

Der Mann schlug auf der anderen Seite am Rand der Schlucht auf. Für einen Moment sah es so aus, als hätte er es tatsächlich geschafft. Doch dann kippte er nach hinten.
»Um Gottes willen!« Peter rannte zum Abgrund.
Der Fremde rutschte noch ein Stück nach unten und drohte vollends in die Tiefe zu stürzen. Doch im letzten Moment erwischte er eine Wurzel. Mit einer Hand hing er da zwischen Leben und Tod, starrte mit weit aufgerissenen Augen in den Abgrund. Dann drehte er sich zum Hang und zog sich nach oben. Als er wieder sicheren Boden unter den Füßen hatte, sah er noch einmal zu Peter herüber. Wortlos schaute er ihn an, dann lief er hinein in das Dickicht. Der Zweite Detektiv blickte ihm hinterher, bis er ihn aus den Augen verloren hatte.
Zehn Minuten später hatten die drei ??? wieder zueinandergefunden. Peter saß auf dem Beifahrersitz des Käfers und berichtete seinen Freunden, was passiert war.
»Das hätte echt böse enden können«, fand auch Bob.
»Nun ja.« Justus zuckte mit den Schultern. »Wir haben jedenfalls getan, was wir konnten. Kommt, Kollegen! Fahren wir zu Goodstein und sagen ihm, was wir gesehen haben. Das wird ihn sicher interessieren. Er hat bestimmt schon die Polizei alarmiert.«
Doch Justus irrte sich. Zumindest war weit und breit kein Polizeiwagen zu sehen, als sie kurz darauf vor dem Einfahrtstor hielten. Es war überhaupt niemand zu sehen, nicht einmal die beiden Dobermänner. Es wirkte alles absolut friedlich, ganz so, als ob nichts passiert wäre.
»Komisch«, fand Peter und Bob nickte.

»In der Tat.« Justus drückte auf die Klingel.
Kurz darauf meldete sich eine Frauenstimme. »¿Sí?«
Der Erste Detektiv bückte sich und sprach in die weißen Schlitze. »Ähm, Mrs Goodstein?«
»No. Ist nicht da.«
»Und Mr Goodstein?«
»Un momentito.«
Es dauerte einige Sekunden, dann drang eine tiefe Stimme aus der Sprechanlage. Der Erste Detektiv glaubte in ihr dieselbe Stimme zu erkennen, die er vorhin schon gehört hatte, war sich aber nicht sicher. »Ja? Wer ist da?«
»Guten Abend, Mr Goodstein. Wir haben den Eindringling verfolgt, der eben von Ihrem Grundstück floh. Wir können ihn zumindest ansatzweise beschreiben.«
Kurzes Zögern. »Und?«
Justus sah seine Freunde verwundert an. »Und?« War das alles? Er hatte eher mit »Ist ja toll!« oder »Wirklich?« oder etwas in der Art gerechnet. Und wollte Goodstein sie nicht hereinbitten? »Es … es handelte sich um einen Asiaten, vermutlich einen Japaner. Etwa ein Meter sechzig groß, um die fünfzig Kilo schwer. Dunkle Augen, schwarze Haare.«
»Okay. Danke. Sonst noch was?«
»Äh, nein. Er floh bergauf und dann in südöstlicher Richtung. Über die Schlucht.«
»Okay.«
»Wir könnten Ihnen vielleicht behilf–«
»Danke. Schönen Abend noch.« Ein Klicken und die Sprechanlage war tot.

Der Erste Detektiv richtete sich auf. »Was sagt man dazu?«, knurrte er ungehalten. »Der Mann scheint tatsächlich nicht viel Wert auf Kontakt zum Rest der Menschheit zu legen.«

Peter wollte etwas erwidern, doch ein Auto kam auf sie zu und hielt direkt neben ihnen. Es war derselbe BMW, den sie schon unten auf dem Parkplatz am Strand gesehen hatten. Und als sie einen Blick durch die Scheiben warfen, erkannten sie die junge Frau wieder, die ihnen auf der Treppe begegnet war. Alle drei lächelten und grüßten. Doch die Frau hatte wieder nur Augen für Peter. Kurz darauf schwangen die beiden Torflügel mit einem leisen Summen zur Seite. Die Frau nickte verhalten und fuhr auf das Grundstück.

»Das war dann wohl Mrs Goodstein«, überlegte Bob. »Auch nicht sehr gesprächig.«

»Oder die Tochter«, sagte Peter. »Ebenfalls nicht gesprächig. Scheint in der Familie zu liegen.«

Justus seufzte. »Lasst uns nach Hause fahren, Kollegen. Den Tag müssen wir erst einmal verdauen.«

Aber dieser Tag sollte noch eine Überraschung für sie bereithalten. Und keine angenehme. Auf dem Weg nach Rocky Beach besprachen die drei Detektive die Geschehnisse dieses ereignisreichen Tages. Die bangen Minuten am Strand, die Aussagen von Jimmy Blue Eye und Harry Salas, der Einbrecher auf Goodsteins Anwesen, die Verfolgungsjagd. Und sie unterhielten sich über die verschiedenen Personen, denen sie heute begegnet waren. Insbesondere über jene, deren Verhalten ihnen Rätsel aufgab. War Jimmy Blue Eye nur wirr oder hatte er Angst? Weil er etwas wusste, das den anderen, zum

Beispiel Salas, nicht bekannt war? Welches Problem hatte Salas mit Cristobal und warum hatte er nicht von Anfang an mit offenen Karten gespielt? War die junge Frau am Leuchtturm gewesen, als sie ihnen auf der Treppe begegnet war? Bei Cristobal? Wieso interessierte Goodstein nicht, was sie über den Einbrecher zu sagen hatten?

»Na ja, es interessierte ihn ja«, meinte Bob und bog auf den Schrottplatz ein, der hell erleuchtet war. »Zugehört hat er uns ja. Er war nur nicht an uns interessiert.«

»Hm«, machte Justus. »Aber ich finde trotzdem –« Weiter kam er nicht. Wie von der Tarantel gestochen kam Tante Mathilda hinter einem Stapel Obstkisten hervorgerannt und schwenkte aufgeregt die Arme.

»Was ist denn da los?« Peter guckte aus dem Fenster.

»Justus! Justus! Wie müssen ins Krankenhaus! Sofort!«, rief sie im Vorbeilaufen und hastete zum Haus.

Die drei sahen sich bestürzt an.

»Los, sehen wir nach!«, sagte der Erste Detektiv.

Die drei Detektive verließen das Auto und eilten dorthin, von wo Tante Mathilda gekommen war. Sie umkurvten die Kisten, passierten einige alte Schränke und zuckten hinter der nächsten Ecke kurz zusammen, weil sie für einen Moment dachten, dass da drei Männer wären. Aber es waren nur ihre Spiegelbilder. Justus und Bob hatten heute Mittag die Spiegel, mit denen sie noch nicht fertig gewesen waren, in aller Eile an die alten Badewannen gelehnt.

»Da habt ihr mir ja was Schönes eingebrockt!«, knurrte da eine Stimme neben ihnen.

Die drei blickten erschrocken zur Seite. Onkel Titus! Er lag mit schmerzverzerrtem Gesicht auf dem Boden und hielt sich den rechten Knöchel!

Im Spiegelkabinett

»Was ist denn passiert? Bist du verletzt?« Justus kniete sich neben seinen Onkel.

»Das ist passiert!« Onkel Titus zeigte auf die Spiegel. »Ich hatte ja keine Ahnung, dass die Dinger immer noch rumstehen, und habe mich mords erschreckt, als ich da auf einmal einen Fremden mit einem bemerkenswerten Schnurrbart zwischen dem Gerümpel gesehen habe.« Er lächelte verbissen und zeigte auf sich selbst. »Vor lauter Schreck bin ich zur Seite gesprungen und über diesen Eimer mit Brennnesselwasser gestolpert.« Er schubste den roten Eimer, der neben ihm lag, von sich. Denselben roten Eimer, den Justus heute Mittag vergessen hatte wegzuräumen. »Und dabei habe ich mir schlimm den Knöchel verstaucht. Ich hoffe, da ist nichts kaputt.«

»Herrje!«, sagte der Erste Detektiv schuldbewusst. Auch Bob sah reichlich zerknirscht drein. »Das tut uns wirklich leid. Wir dachten, wir kämen bald wieder zurück und könnten weitermachen.«

»Tut es sehr weh?«, fragte der Zweite Detektiv.

Onkel Titus brummte etwas Unverständliches und versuchte aufzustehen.

»Warte, wir helfen dir!« Justus kam seinem Onkel zu Hilfe und Bob griff ihm auf der anderen Seite unter den Arm.

»Justus!« Tante Mathilda war wieder im Anmarsch. »Hol den

Pick-up. Wir fahren!« Sie stapfte um die Ecke und durchbohrte die drei Jungen mit ihren Blicken. In der Hand hielt sie Onkel Titus' Reisetasche und seinen Kulturbeutel. »Das kommt davon, wenn alles immer schnell, schnell gehen muss. Und morgen früh wird hier klar Schiff gemacht, ist das klar?«

»Natürlich.«

»Glasklar.«

»Bestimmt.«

Justus, Peter und Bob waren drei kleinlaute, nickende Hühner. Da hatten sie ja etwas angerichtet.

Und mit Klar-Schiff-Machen war es nicht getan, wie sich am nächsten Tag zeigen sollte. Onkel Titus hatte sich zwar nichts gebrochen oder gerissen, das hatte sich bald herausgestellt. Aber sein Knöchel war dick geschwollen und musste unbedingt geschont werden. Weswegen er nicht zu dem Hundezüchter nach Seven Pines fahren konnte, dem er versprochen hatte, an diesem Tag sein Gartenhaus auszuräumen. Was Tante Mathilda daher den Jungen auftrug. Nachdem sie die Arbeit an den Spiegeln erledigt hätten.

»Mensch!« Peter tauchte den Schwamm ins Spüli-Wasser. »Konntet ihr das Zeug nicht besser wegräumen? Onkel Titus hätte ja auch einen Herzinfarkt bekommen können.« Er war wie Justus und Bob um sechs Uhr aufgestanden, weil sie der Hundezüchter um zehn Uhr erwartete. Und dementsprechend schlecht gelaunt.

»Lamentieren bringt uns jetzt auch nicht weiter«, sagte der Erste Detektiv, der eben die Verzierungen auf einem silbernen Rahmen polierte. »Und wenn du nicht vor deinen Fans

in den Abgrund geflohen wärst, hätten wir das alles längst geschafft.«
»In den Abgrund geflohen!« Peter klatschte den Schwamm auf den Spiegel, dass es nur so spritzte. »Sehr komisch. Überhaupt – dieser Texas ist an allem schuld!«
Bob gähnte. »Warum verbinden wir nicht das Unvermeidliche mit dem Nützlichen und halten unseren Kriegsrat hier draußen ab? Recherchieren können wir dann später.«
Die Jungen hatten gestern eigentlich vorgehabt, sich noch in die Zentrale zu verziehen, um ihre Nachforschungen anzustellen und über den Fall zu sprechen. Daraus war wegen der Verletzung von Onkel Titus nichts geworden. Auch heute würde es noch lange dauern, bis sie ihre Pflichten erledigt hatten.
»Gute Idee«, fand Justus.
»Meinetwegen«, grummelte Peter. Dieser Fleck wollte einfach nicht weggehen!
»Also, wo fangen wir an?« Der dritte Detektiv zerriss einen Bogen Schmirgelpapier und machte sich damit über die Farbreste auf einem alten hölzernen Rahmen her. »Eine Fluchgestalt geht um in Paradise Cove und es spricht einiges dafür, dass es Abraham Merryweather ist. Der wiederum sucht seine Tochter Rachel, die vor achtzig Jahren ertrunken ist, als er sie über die Bucht zu einem Arzt in Paradise Cove rudern wollte, der nicht gekommen war, weil er mal wieder sturzbetrunken vor seinem Kamin schlief.«
Der Erste Detektiv begutachtete die silbernen Rosen und Muscheln. Das musste so reichen. Er schnappte sich den nächsten Kandidaten, einen runden Badezimmerspiegel mit einer Ein-

fassung aus Kristallglas. »Richtig. Wobei ich gerne hinzufügen würde, dass der *Eindruck* entstehen soll, jener Merryweather triebe sein Unwesen. Was uns zu der Frage führt, wieso dieser Eindruck entstehen soll und wem daran gelegen ist.« Justus nahm sich eine Seite einer alten Zeitung, zerknüllte sie und tauchte sie in Essigwasser.

»Ich wäre mir da nicht so sicher, was den Eindruck betrifft«, widersprach Peter. »Der Kerl ist auf einer Treppe aus dem Wasser gestiegen. Schon vergessen?«

»Nein, Peter, aber dafür gibt es sicher eine plausible Erklärung.«

»Ach ja? Ein versunkenes Kaufhaus, dessen Rolltreppe noch funktioniert? Ein Palast des sagenumwobenen Atlantis, den es vor unsere Küste gespült hat? Oder nein, warte! Da draußen liegt Atlantis! Atlantis befindet sich vor Paradise Cove! Das ist es!«

Der Erste Detektiv hörte auf zu rubbeln. »Was hältst du davon, wenn du dich nachher mal genau darum kümmerst? Bob muss wahrscheinlich noch das eine oder andere in der Bibliothek recherchieren, ich klemme mich hier bei uns hinter den Computer und du fährst schon mal nach Paradise Cove und suchst Atlantis. Oder das Kaufhaus. Am Abend treffen wir uns dann in der Zentrale und tauschen unsere Ergebnisse aus.«

Peter war gar nicht wohl bei dem Gedanken, sich allein in der Bucht herumzutreiben und nach irgendwelchen Spuren zu suchen, die auf Abraham Merryweather hinwiesen. Andererseits – wenn er welche fand, konnte er Justus endlich einmal beweisen, dass seine Sicht der Dinge nicht immer und überall die richtige war, sondern dass es tatsächlich Dinge gab, die jenseits aller Logik lagen. »Na gut«, stimmte er daher zähneknirschend zu.

»Prima.« Justus hauchte gegen das Kristall. »Dann wäre das schon mal geklärt. Also zurück zu der Frage, wer ein Interesse an diesem Spuk hat.«

»Jemand, der es aus irgendeinem Grund auf kleine Kinder abgesehen hat?« Bob nahm sich die andere Hälfte des Schmirgelpapiers. »Bisher waren es ja nur kleine Kinder, die den Alten gesehen haben: Colin und Fiona.«

»Wobei sich Fiona nicht wirklich sicher war«, gab Peter zu bedenken.

»Wir dürfen auch Cristobal nicht vergessen«, sagte Justus und gab etwas Essigwasser auf die Spiegeloberfläche. »Der Alte scheint es ganz besonders auf ihn abgesehen zu haben. Deine Idee, Peter, dass man Cristobal von da oben vertreiben will, ist sicher nicht von der Hand zu weisen.«

»Dann müssten wir aber wissen, ob es da oben irgendetwas gibt, weswegen er das Feld räumen soll.«

»Und«, fügte Bob hinzu, »wir müssten wissen, ob Cristobal vielleicht weiß, was dieses Etwas ist, wegen dem er vertrieben werden soll.«

Justus deutete mit seiner Zeitungskugel auf Peter. »Diesbezüglich könntest du dich auch mal in Paradise Cove umhören. Womöglich weiß Jimmy Blue Eye was. Oder einer der anderen Alteingesessenen. Und frag auch mal, ob jemand eine Ahnung hat, warum Salas mit Cristobal ein Problem haben könnte.«

»Mach ich.« Peter besah sich sein Werk. Endlich war der Fleck weg. Nächster Spiegel.

»Dann wären da noch die Goodsteins.« Bob blies den Holzstaub vom Rahmen. Die Farbreste waren ab. Blieb noch der große Garderobenspiegel. »Da gibt es zum einen ein kleines Mädchen, Heather, im selben Alter wie Colin und Fiona.«

»Bei Fiona müssen wir übrigens bedenken, dass sie im Gegensatz zu Colin und Heather zufällig in Paradise Cove ist«, warf Peter ein.

»Guter Gedanke«, lobte ihn Justus.

»Dann«, fuhr Bob fort, »eine junge Frau, Mrs oder Miss Goodstein, die sich am Strand rumtreibt und sehr verschlossen ist.«

»Und Peter toll findet«, flachste Justus.

Der Zweite Detektiv stöhnte. »Ihr wisst doch genau, warum die mich so angestarrt hat.«

»Texas-Syndrom?«, riet der Erste Detektiv.

»Vermutlich.« Peter betrachtete sein Spiegelbild und streckte ihm die Zunge raus. »Ich wünschte, dir würde ein Riesenpickel mitten auf der Stirn wachsen, der nie mehr weggeht.«

»Dir?«, wunderte sich Bob.

»Nein, ihm.«

Der Erste Detektiv versuchte es noch einmal mit dem Brennnesselwasser. Die Essiglösung war einfach zu schwach. »Und dann noch der alte Goodstein und dieser Japaner. Hm. Wenn wir nur wüssten, wie groß der Alte aus dem Meer war. Bärte lassen sich ja bekanntlich ankleben.«

»Du meinst, der Japaner war wegen Heather da?« Peter fischte sich einen Schraubenzieher aus der Werkzeugkiste. Dieser Spiegel war bis auf die Halterung in Ordnung.

»Nur eine Vermutung.« Justus ließ seine Hand sinken und dachte kurz nach. »Japaner, Japan, hm. Irgendetwas ist da, irgendetwas. Japanische Kunst. Salas. Jimmy Blue Eye. Irgendetwas spukt mir im Kopf herum. Aber ich komme nicht drauf.«

»Noch mal zurück zu Salas.« Bob sprühte Glasreiniger auf die Spiegelfläche. »Sein Problem mit Cristobal kann ja noch nicht allzu alt sein, wenn der erst seit ein paar Monaten da oben am Leuchtturm wohnt. Und dann frage ich mich immer noch, warum er uns nicht gleich reinen Wein eingeschenkt hat. Dass er uns nicht erschrecken wollte, nehme ich ihm nicht ab. Schließlich hat ihm Christine von uns erzählt, und die weiß ja, dass wir so etwas nicht zum ersten Mal machen.«

»Stimmt«, pflichtete ihm Peter bei. »Und der tote Mönch war ja auch nicht von schlechten Eltern, was den Gruselfaktor angeht. Wenn ich nur an diesen Abfallschacht denke, wird mir heute noch ganz anders.«

»Da habt ihr recht«, sagte Justus nachdenklich. »Durchaus recht.«

»So!« Der dritte Detektiv rieb die letzte Schliere weg. »Das war's. Ich bin fertig! Ha!«

»Und ich«, Peter klemmte die Zunge zwischen die Zähne und zog die Schraube noch einmal fest an, »hab's auch. Voilà!«

»Ich bin auch gleich so weit«, sagte Justus. »Bringt ihr die Spiegel schon einmal nach vorn zum Verkaufsstand. Tante Mathilda will sie sicher begutachten, bevor morgen der Kunde eintrifft. Ich komme gleich nach und dann geht's rüber nach Seven Pines.«

Tante Mathilda war zufrieden mit der Arbeit der Jungen. Sie lobte sie sogar für ihre Sorgfalt. Auch Onkel Titus kam auf seinem Stock herbeigehumpelt und besah sich die Spiegel. Im Anschluss fuhren die drei ??? nach Seven Pines, wo sie der Hundezüchter schon erwartete. Zum Glück war sein Gartenhaus nicht besonders groß und nicht besonders vollgerümpelt. Das, was brauchbar war, hauptsächlich Gartengeräte und Blumentöpfe, passte alles auf den Pick-up. Die Arbeit dauerte dennoch länger als nötig, weil den drei ??? die ganze Zeit neun Retriever-Welpen zwischen den Beinen herumwuselten. Süß, aber sehr hinderlich, wenn man den Arm voller Blumentöpfe hatte und einem gleichzeitig zwei verspielte Hunde in die Schnürsenkel bissen.

Bevor die Jungen zurück zum Schrottplatz fuhren, gönnten sie sich noch einen kleinen Happen im Cheerful Chicken, einem beliebten Schnellimbiss, der auf ihrem Weg lag. Anschließend setzten sie Bob an der Stadtbibliothek von Rocky Beach ab.

»Sagen wir, um sieben, Dritter?«, fragte Justus bei laufendem Motor.

»Sieben ist prima. Und ihr kommt wirklich klar mit dem Abladen?«

»Keine Sorge.« Peter nickte. »So viel ist das ja nicht.«

»Also, bis dann!«

»Bis dann!«

Das Grauen im Nebel

Während Justus und Peter die Sachen aus dem Gartenhaus verstauten, schlug das Wetter um. Dicke graue Wolken zogen auf und vom Meer her legte sich ein feiner Nebel über die Stadt. Die Temperatur sank merklich.

»Wird ungemütlich.« Peter nickte gen Himmel.

»Vielleicht ist das nur eine lokale Wetterirritation und in Paradise Cove scheint noch die Sonne«, meinte Justus.

»Würde mich irritieren«, entgegnete Peter und grinste. »Also, ich mach mich dann mal auf den Weg. Sieben?«

Justus nickte. »Sieben.«

»Ich nehme unser Handy mit.«

Kurz nachdem Peter gegangen war, zog sich der Erste Detektiv in die Zentrale zurück. Er holte sich eine Cola aus dem Kühlschrank und die halb volle Schachtel Schokokekse aus dem Regal. Dann schaltete er den Computer ein, legte sich etwas zum Schreiben zurecht und machte sich an die Arbeit. »Wollen wir doch mal sehen.«

Zunächst suchte er nach Informationen über Paradise Cove. Die Internetseite des Ortes wartete mit Auskünften auf, die vor allem Touristen interessierten. Zahlen und Fakten, Wirtschaft, Freizeit, Kultur. Nichts, was sie weiterbrachte. Auch einige historische Hinweise fanden sich, aber weder Merryweather noch die Kassiopeia wurden erwähnt. Auch andere Internetseiten gaben nicht sehr viel her. Der Abraham Merryweather, den sie suchten, tauchte gar nicht auf und die Kassiopeia nur ganz allgemein. »Ein Dreimastschoner der Reederei van Haugh, der vor allem für Holz- und Kohletransporte entlang der Küste eingesetzt worden war«, las Justus. »Gesunken vor gut einundachtzig Jahren am Devil's Tooth. Hm. Vielleicht hat Bob in der Bibliothek mehr Glück.«

Als Nächstes wandte sich der Erste Detektiv den Goodsteins zu. »Albert Goodstein« gab er in die Suchmaschine ein und aß einen Keks, während er die Ergebnisse begutachtete.

Goodstein machte sich auch im Internet rar. Justus erfuhr gerade einmal, dass er für Dodge designte, ein Faible für japanische Kunst hatte, verheiratet war und seine Töchter Heather und Vanessa hießen. Fotos spuckte die Suchmaschine nur drei unterschiedliche aus. Eines, dem Justus entnehmen konnte, dass es Vanessa gewesen war, der sie auf der Treppe und vor dem Tor begegnet waren, und zwei weitere, auf denen Goodstein selbst zu sehen war. Beide waren schon etliche Jahre alt, von bescheidener Qualität und mit kleiner Auflösung.

Das einzig Auffällige war, dass Goodstein offenbar einen Spleen hatte, was seine Kleidung betraf. Er trug auf beiden Bildern nur Schwarz: schwarze Hose, schwarzer Pulli oder schwarzes Hemd, einmal sogar eine schwarze Strickmütze auf dem kahlen Haupt. Ob er immer so herumlief oder sich nur für Fotos so kleidete, war für Justus nicht zu ermitteln.

Doch dann stieß der Erste Detektiv doch noch auf etwas Interessantes. Vanessa war bei cloud+ angemeldet, einem sozialen Netzwerk, das in Kalifornien immer beliebter wurde. Und sie gab auf ihrer Startseite sehr bereitwillig und für jedermann lesbar Auskunft über ihre Hobbys, Lesegewohnheiten, Lieblingsfilme und so weiter. Was Justus wunderte, schließlich hatten sie die junge Frau als eher zurückhaltend erlebt.

»Sieh mal einer an.« Der Erste Detektiv grinste. »›Allein unter Haien‹, ›Die Nacht des Werwolfs‹, Dracula, Frankenstein – die Dame steht auf Grusel und einsame Helden.« Und auf Texas Lamarque, wie er den Star-Fotos des Schauspielers entnahm, die Vanessa auf ihrer Seite gepostet hatte. Deswegen hatte sie Peter also so angestarrt.

Eine gute Stunde später waren Coladose und Keksschachtel leer. Auf Justus' Block stand kaum mehr als eine Stunde zuvor. Eine recht magere Ausbeute, wie der Erste Detektiv fand. Er gab der Suchmaschine noch den Auftrag, nach Eliah Cristobal zu forschen, und las sich durch, was über ihn im Netz stand. Wie Justus schon vermutet hatte: nicht viel. Der Erfolg des Schriftstellers hielt sich offenbar in Grenzen. Vier Bücher, die in den einschlägigen Online-Versandhäusern auf den hinteren Plätzen herumkrebsten – das war alles. Zu einem Titel gab es zumindest eine Textprobe. Justus überwand sich, einige Zeilen zu lesen.

Er stand vor ihr. Seine Augen glühten, seine starken Arme zitterten immer noch. Der Kampf gegen das Ungetüm hatte ihm alles abverlangt.

»Danke!«, hauchte sie entkräftet und blickte in seine stahlblauen Augen.

Schweigend hielt er ihr das Amulett hin, um das sich alles gedreht hatte.

Die beiden smaragdenen Schlangen, die sich um einen von blutroten Rubinen gesäumten Mond wanden, in dessen Mitte das große, goldene B eingraviert war. Doch sie zögerte, bewunderte seinen muskulösen, schweißüberströmten Brustkorb, der sich nach dem mörderischen Kampf immer noch hob und senkte, und stellte ihm die eine entscheidende Frage: »Liebst du mich wirklich?«, lispelte sie.

Justus schüttelte sich. »Mein Gott, ist das schlecht. Grauenvoll!« Er schloss schnell die Seite und stand auf. Jetzt brauchte er noch einmal etwas zu trinken. Irgendetwas, womit er diesen Schund hinunterspülen konnte. Bah!

Bob schlug den dicken Wälzer zu und brachte ihn zurück ins Regal. Er hatte lange suchen müssen, bis er etwas über Abraham Merryweather entdeckt hatte, aber in dem alten Band über Sagen und Legenden des südlichen Kalifornien war er tatsächlich fündig geworden. Manchmal waren Bücher Computern eben doch überlegen.
Was ihnen Salas erzählt hatte, war richtig. Der dritte Detektiv hatte noch ein paar zusätzliche Details aufgespürt, aber grundsätzlich lautete die Legende um den alten Leuchtturmwärter genau so, wie sie sie von dem Schiffszimmermann gehört hatten. Von einem Schatz oder einem geheimen Dokument – irgendetwas, das oben am Leuchtturm versteckt sein könnte und das offensichtliche Bestreben erklärt hätte, Christobal zu vertreiben – war keine Rede gewesen.
Bob ging zurück zum Tisch, schnappte sich seinen Block und steuerte auf den Ausgang zu. Als der dritte Detektiv vor das

große Gebäude trat, blieb er jedoch überrascht stehen. Nebel war aufgezogen. Kalter, feuchter Nebel, der Bob frieren ließ, noch bevor er unter die Kleidung gekrochen war. Eigentlich hatte der dritte Detektiv zu Fuß nach Hause laufen wollen, entschied sich aber jetzt dafür, den Bus zu nehmen.

Die nächste Haltestelle war in der Innenstadt, keine fünf Gehminuten von der Bibliothek entfernt. Bob schlug den Kragen seiner Jacke hoch und machte sich auf den Weg. Als er jedoch an der Haltestelle ankam, fuhr ihm sein Bus genau vor der Nase weg.

»Verflixt!«, schimpfte der dritte Detektiv und sah auf den Fahrplan. Erst in einer halben Stunde sollte der nächste kommen. Dann musste er doch zu Fuß gehen.

Auf seinem Weg ging er im Geiste noch einmal die Informationen durch, die er ansonsten noch in der Bibliothek zusammengetragen hatte: Informationen über Paradise Cove, den kleinen Betrieb von Harry Salas, Eliah Cristobal und die Goodsteins. Erneut wunderte er sich darüber, dass er so wenig über diese Familie gefunden hatte. Gerade einmal drei Fotos und ein paar nichtssagende Artikel. Albert Goodstein war doch nicht irgendwer!

Und dann sah er ihn. Goodstein! Er trat aus dem nächsten Geschäft und lief dann, ohne sich umzusehen, die Straße hinab. Er war es! Bob war sich ganz sicher, obwohl er ihn nur ganz kurz und von der Seite gesehen hatte. Schwarze Hose, schwarze Jacke, Glatze. Er musste es sein. Das war der Mann von den Fotos.

Bobs Blick fiel auf das Geschäft, aus dem Goodstein eben

gekommen war. Ein Antiquitätengeschäft. Fernöstliche, vor allem japanische Antiquitäten. Samurai-Schwerter, Teeschalen, Bilder, Vasen. Einem inneren Impuls folgend, betrat der dritte Detektiv den Laden.
Das Glöckchen über der Tür bimmelte und der Inhaber oder Verkäufer, der sich gerade auf den Weg zurück zu seinem Tresen befunden hatte, drehte sich um. »Guten Tag.« Er musterte Bob von Kopf bis Fuß. »Was … kann ich für Sie tun?«
»Ähm, das war eben Mr Goodstein, oder?« Der dritte Detektiv hatte die Frage kaum gestellt, da wusste er schon, dass das dämlich gewesen war.
Der Mann, schütteres Haar, spitze Nase, lächelte gallig. »Und wieso sollte ich dir das sagen?«
»Weil … weil der Mann doch berühmt ist. Ein sehr bekannter Designer.« Bob hätte sich in den Hintern beißen mögen. Was machte er hier eigentlich?
»Ist er das?«
»J…ja, und wenn ich wüsste, ob er öfter hierherkommt, könnte ich vielleicht einmal ein Autogramm ergattern.«
»Und warum bist du ihm dann eben nicht hinterhergelaufen?«
Der dritte Detektiv ließ die Schultern sinken. »Okay. Tut mir leid. Ich sage Ihnen, was ich eigentlich will. Ich bin Detektiv und ermittle in einem Fall, in den Mr Goodstein verwickelt sein könnte. Als Opfer. Denken Sie, Sie könnten mir ein paar Fragen beantworten? Zum Beispiel, für welche Kunstgegenstände er sich besonders interessiert, ob und was er bisher bei Ihnen gekauft hat, ob Sie vielleicht schon einmal irgendetwas

Verdächtiges beobachten konnten? Personen, die ihm gefolgt sind, Leute, die nach ihm gefragt haben?« Bob sah den Mann mit, wie er hoffte, entwaffnender Aufrichtigkeit an.
»Du meinst, außer dir?« Der Verkäufer wirkte jetzt fast belustigt. Bobs reumütige Kehrtwende interessierte ihn überhaupt nicht.
Der dritte Detektiv schluckte und nickte.
»Ich glaube, du gehst jetzt besser. Und ich möchte dich hier auch nicht mehr sehen.« Er nickte zur Tür und ein harter Zug legte sich um seinen Mund. »Herr Detektiv.«

Peter passierte das Ortsschild von Paradise Cove und sah auf die Uhr. Halb fünf. Viel Zeit hatte er nicht mehr. Und schuld daran war seine Mutter. Weil das neue Fernsehschränkchen, das sie in Marks Möbelmeile erstanden hatte, unbedingt aufgebaut sein musste, bevor Dad nach Hause kam. Überraschung und so. Und wer musste es aufbauen? Natürlich: er. Zwei Stunden hatte es ihn gekostet, bis das Mistding endlich stand. Und scheußlich war es auch.
Der Zweite Detektiv überlegte, wie er vorgehen wollte. Der Nebel wurde mit jeder Minute dichter. Von wegen »lokale Wetterirritation«. War es bei diesen Bedingungen überhaupt sinnvoll, zum Strand zu fahren und dort nach Indizien für Merryweathers Existenz suchen? Wenn, dann musste er das gleich tun. Oder sollte er sich für heute darauf beschränken, ein paar Leute im Ort auszuhorchen?
Als Peter über den Hafenplatz rollte, löste sich das Problem gewissermaßen von selbst. Er entdeckte Jessy, die eben mit

einer Freundin das Café Fleur betrat. Offenbar war sie dort Stammgast. Und so wie Peter die beiden Mädchen einschätzte, waren sie über den Klatsch und Tratsch in Paradise Cove bestimmt bestens informiert. Klatsch und Tratsch wiederum waren Quellen, die ein gewissenhafter Detektiv keinesfalls außer Acht lassen durfte. Jedes noch so wilde Gerücht hatte meist einen wahren Kern. Der Zweite Detektiv parkte seinen MG und lief zum Café zurück.

Peter sollte recht behalten. Nachdem sich Silvie, so der Name der Freundin, vom ersten Schock erholt hatte, dass Texas Lamarque urplötzlich vor ihr stand, und der Zweite Detektiv mit den beiden ins Gespräch gekommen war, erwiesen sich die zwei Mädchen als ergiebige Quelle. Und einmal in Fahrt, waren sie kaum zu bremsen. Zumal sie es sehr spannend fanden, dass Peter Detektiv war. Schauspieler wäre zwar besser gewesen, aber Detektiv war ebenfalls nicht schlecht.

»Ob Harry Salas ein Problem mit Cristobal hat?« Jessy zog die Brauen hoch und die beiden Mädchen lächelten sich verschwörerisch an. »Ganz bestimmt. Du musst nämlich wissen, dass Salas schon seit Jahren hinter Vanessa her ist!«

»Vanessa?«, fragte Peter.

»Goodsteins Tochter.«

»Mitte zwanzig, schwarze Haare, grüne Augen?«

»Genau die. Ziemlich spröde und eingebildet, wenn du mich fragst. Aber ein Hingucker – und Salas steht total auf sie.« Jessy machte eine kurze Pause und grinste. »Nur dass *sie* leider auf Cristobal steht.«

»Auf Cristobal? Echt?«

»Total!« Jessy nickte mit großen Augen. »Die hat's voll erwischt. Soll aber niemand wissen.«
Peter dachte nach. Die Treppe am Strand fiel ihm wieder ein. Salas und Goodsteins Tochter Vanessa, Vanessa und Cristobal. Ja, das konnte ein Grund für Salas' merkwürdiges Benehmen sein. Das wäre möglich. »Kann aber noch nicht lange so gehen, oder? Cristobal wohnt ja erst seit ein paar Monaten da oben.«
Silvies braune Augen bekamen einen merkwürdigen Glanz. »Ja, aber der ist schon echt cool. Sieht voll super aus und ist sooo mutig, wie er da ganz allein dem Geheimnis auf den Grund geht. Und er schreibt! Bücher und so.«
Und so, dachte Peter. Genau. Silvie war in Cristobal mindestens genauso verknallt, wie Vanessa es angeblich war. Und Jessy hatte ja auch schon ganz weich gespülte Augen.
Plötzlich fiel ihm ein Mann auf, der an einem Tisch in der Ecke saß und Zeitung las. Er hatte ihn vorhin schon bemerkt, als er seinen MG geparkt hatte. Ein Mann in schwarzer Lederjacke und mit verspiegelter Sonnenbrille. Hatte der gerade zu ihm hergesehen?
»Und du hast vorhin gemeint«, sagte Jessy, »dass am Leuchtturm irgendwas vergraben ist? Ein Schatz?«
Peter wandte den Blick wieder von dem Mann ab. »Nein, das wollte ich euch fragen. Ob ihr von irgendeinem Geheimnis wisst, das sich um den Leuchtturm rankt.«
»Ein geheimer Schatz am Leuchtturm? Spannend!« Silvie schürzte ihre zartrosa bemalten Lippen und sah Jessy an. »Weißt du was darüber?«

»Nein.« Jessy schüttelte den Kopf. »Keine Ahnung.«
»Wäre aber voll cool, oder? Und würde doch total gut zu Cristobal passen.«
»Find ich auch!«, kiekste Jessy.
Peter verdrehte innerlich die Augen. Gleich würden sie sich an den Händen fassen und kichernd im Kreis hüpfen. Es wurde Zeit, dass er sich verabschiedete. »Also!« Er stand auf und zwinkerte den beiden zu. »Ich muss dann mal. Bis demnächst!«
»Ciao, Peter! Und grüß mir Texas!« Silvie gickelte und Jessy stimmte mit ein.
Der Nebel war noch dichter geworden. Wie ein feuchtes Leichentuch hatte er sich auf Häuser, Straßen und Menschen gelegt. Unangenehm. Und irgendwie gruselig.
Auf dem Weg zum Auto machte sich der Zweite Detektiv noch einmal Gedanken über Salas. Eifersucht. Das war es also. Deswegen mochte er Cristobal nicht. Hatte er sie womöglich deswegen engagiert? Ging es vielleicht gar nicht so sehr um Colin, sondern spannte sie Salas nur für seine Zwecke ein, die irgendetwas mit Cristobal zu tun hatten? Peter hatte so ein Gefühl. Aber was führte Salas im Schilde? Wie sollten sie ihm nützlich sein?
»Siebter Dezember! Denk an den siebten Dezember!«, raunte ihm plötzlich eine knarzende Stimme ins Ohr.
Peter erschrak und fuhr herum. Jimmy Blue Eye!
»Sie kommen! Sie kommen wieder!« Jimmy Blue Eye riss sein blaues Auge auf, ächzte noch einmal andeutungsvoll und humpelte davon.
Siebter Dezember? Sie kommen wieder? Wer? Wer kommt

wieder? »Warten Sie!«, rief er Jimmy Blue Eye hinterher. »So warten Sie doch! Wer kommt wieder?« Und dann fuhr es dem Zweiten Detektiv eiskalt durch alle Glieder. Heute war der siebte Dezember! Heute! »Warten Sie!«

Plötzlich war da eine Bewegung. Peter hatte sie aus dem Augenwinkel wahrgenommen. Hinter ihm. Etwas Schwarzes und ein Arm. Er blickte nach hinten. Der Mann aus dem Café! Und irgendetwas steckte er gerade unter seine Jacke. Oder holte er etwas hervor? Eine Waffe?

»Hey!« Peter machte einen Schritt nach hinten, sah dabei aber nach vorn, wo Jimmy Blue Eye in einer Haustür verschwand. Als sich Peter wieder umwandte, stand der Mann immer noch da. Ohne Waffe.

War das ein Lächeln? Grinste ihn der Typ an? Oder hatte er einen schiefen Mund? Jedenfalls hatte Peter jetzt keine Zweifel mehr. Der Kerl verfolgte ihn!

»Was wollen Sie?« Peter sah wieder zu der Haustür. Zum Teufel! Was sollte er tun? Der Zweite Detektiv ließ Jimmy Blue Eye Jimmy Blue Eye sein und ging auf den Unbekannten zu. »Wer sind Sie? Was wollen Sie von mir?«

Jetzt erst machte der Mann auf dem Absatz kehrt und lief in die nächste Seitenstraße.

»Bleiben Sie stehen! Was soll das? Hey!«

Da ertönten hinter ihm aufgeregte Rufe vom Hafenplatz her. Durch den Nebel sah der Zweite Detektiv, dass ein kleiner Kutter anlegte und der Fischer von Deck sprang, kaum dass das Schiff den Kai erreicht hatte. Ihm auf dem Fuß folgte ein junger Mann in gelbem Ölzeug. Sie schrien beide durcheinan-

der, Peter verstand zunächst gar nichts. Aber dann drang ein Wortfetzen zu ihm: »…tobal«. *Tobal?*
»Leute! Cristobal! Er hat ihn!«, stieß der Fischer hervor und hastete über den Platz. Erste Fenster wurden aufgeschoben, jemand trat aus der Goldenen Galeone.
Peter sah verwirrt vom Lederjackenmann zu dem Fischer, wieder zum Lederjackenmann, der jetzt wieder stehen blieb, zurück zu dem Jungen in Gelb. Wen hatte Cristobal? Oder wer hatte ihn? Was wollte dieser Typ von ihm? Was war hier los?
»Schnell! Zur Bucht! Wir haben's gesehen! Er hat ihn! Abe!« Der Fischer bekam kaum noch Luft, so aufgeregt war er.
Der Junge im Ölzeug kam an Peter vorbei und der Zweite Detektiv hielt ihn fest. »Was ist denn los?«
Der junge Mann starrte ihn an, wirkte völlig schockiert. »Abe!«, hauchte er. »Der alte Abe! Er hat sich Cristobal geschnappt! Wir haben's gesehen!«

Abrahams Geheimnis

Peter brauchte einige Sekunden, bis er verstanden hatte, was der Mann gesagt hatte. Dann kramte er hektisch in seiner Jacke. Wo hatte er bloß das Handy gelassen? Im Auto!

Der Zweite Detektiv spurtete zurück zu seinem MG. Immer mehr Rufe wurden laut, ungläubige, fassungslose Rufe. Aus den umliegenden Läden und Geschäften kamen mehr und mehr Leute auf den Platz und umringten die beiden Fischer.

Peter sperrte sein Auto auf, schnappte sich das Handy und wählte die Nummer der Zentrale.

»Justus Jonas von den –«

»Just!«

»... drei Fragezeichen. Peter?«

»Ja, sicher, ich. Just! Abe hat Cristobal! Hast du gehört? Der alte Abe hat sich Cristobal gegriffen! Am Strand! Ich hab's gerade –«

»Peter!«

»Was?«

»Jetzt beruhige dich mal und erzähl mir ganz langsam, was passiert ist!«

»Beruhigen? Hier ist die Hölle los! Erst faselt Jimmy Blue Eye wieder was von wegen siebter Dezember, der ja heute ist, dann lauert mir dieser Mann – nein, der Mann war vorher, dann kam

Jimmy. Egal. Und am Ende diese beiden Fischer! Mann! Ihr müsst kommen! Sofort!«
»Den Eindruck habe ich auch«, sagte Justus. »Wo finden wir dich?«
»Wahrscheinlich in der zweiten Bucht. Wie es aussieht, machen sich alle auf den Weg dorthin.«
»Alle?«
»Ja, ganz Paradise Cove ist auf den Beinen. Hast du nicht verstanden, was ich dir gerade erzählt habe?«
»Ehrlich gesagt nein. Aber wir kommen. Bis gleich!«
»Bis gleich! Und beeilt euch!« Peter legte auf. »Beruhigen!«
Mittlerweile hatte sich die Nachricht wie ein Lauffeuer herumgesprochen. Auf dem Platz brodelte es förmlich vor Aufregung.
Der Zweite Detektiv klemmte sich hinters Steuer und fuhr los.
Doch es war tatsächlich so, wie er gesagt hatte: Ganz Paradise Cove war auf den Beinen. Bis zum Ortsausgang kam er noch gut voran, dann war nur noch Schritttempo möglich. Die kleine Straße zum Strand war hoffnungslos verstopft. Die ersten Autos begannen zu hupen.
»Mann!«, stöhnte Peter. Er schaltete die Scheinwerfer ein. Der dichte Nebel saugte das restliche Tageslicht regelrecht auf. Hoffentlich sahen sie noch genug, um nach Cristobal zu suchen.
Noch zweimal wälzte sich die hupende Blechlawine ein Stück vorwärts, dann war endgültig Schluss. Vorn verließen die Ersten ihre Autos und blockierten damit die Straße vollends.
»Na prima.« Peter schnallte sich ab, nahm die Taschenlampe aus dem Handschuhfach und stieg aus.
Inmitten dutzender anderer Menschen lief er zum Strand. Als

er an den engen Durchlass hinter dem Parkplatz kam, glaubte er noch einmal, den Mann in der Lederjacke zu sehen. Hinter sich und diesmal ohne Sonnenbrille. Aber die Menge schob ihn weiter und Peter wollte nicht warten, ob der Kerl wieder auftauchte. Vielleicht hatte er sich auch geirrt. In dem Nebel hatten irgendwie alle etwas Schwarzes oder Graues an.

Ohne dass es eine Absprache gegeben hätte, organisierte sich die Suche nach Cristobal wie von selbst. Wer auf dem Strand unterwegs war, lief dorthin, wo noch niemand die Höhlen und Spalten inspizierte, und auch draußen auf dem Meer teilte man sich die Bucht auf. Zumindest machten die Positionslichter und die schemenhaften Umrisse der Boote und Schiffe diesen Eindruck. Die Luft war erfüllt von einem hektischen Schreien und Rufen, das vom Land aufs Wasser und wieder zurück schwappte und das Rauschen des Meeres fast übertönte. Oben auf der Klippe entdeckte der Zweite Detektiv die ersten Lichtstrahlen, deren bleiche Finger durch den Dunst griffen. Auch auf der Treppe befanden sich einige Menschen, eine unruhige Kette blassgelber Glühwürmchen.

Peter nahm sich den Mittelabschnitt der Klippenwand vor, etwa dort, wo er damals Fiona gefunden hatte. Auf dem Weg begegnete er Kramer, der ihm kurz zuwinkte, aber ansonsten erkannte er niemanden wieder. Als er an der Höhle angekommen war und eben hineingehen wollte, leuchtete ihm eine Taschenlampe mitten ins Gesicht.

»Da drin ist er nicht!«, sagte ein fremder Mann und hastete an ihm vorbei. Peter blinzelte die Sternchen vor seinen Augen weg und kletterte wieder von den Steinen hinunter.

Plötzlich hörte er laute Schreie. Viel lautere als die bisherigen, die nur Cristobals Namen gerufen hatten. Und diese Schreie klangen auch anders. Aufgeregt, freudig, hoffnungsfroh! Sie kamen vom Ende der Bucht, von dort, wo die Treppe begann.

»Hier ist er!« Peter sah eine Gestalt heftig mit den Armen winken. »Hier! Kommt hier rüber! Schnell!«

Wie von einem Magneten angezogen, liefen die Menschen zum Ende der Steilküste. Peter war als einer der Ersten dort. Etwa ein halbes Dutzend Männer war damit beschäftigt, Steine und Felsen zur Seite zu räumen. Der Zweite Detektiv hatte den Eindruck, als wären diese gerade erst bei einem Steinschlag oder Bergrutsch abgegangen. Dahinter war eine kleine Öffnung zu sehen, offenbar der Eingang zu einer Höhle.

»Komm, pack mit an, Junge!«, forderte ein breitschultriger Rotschopf den Zweiten Detektiv auf. »Wir können jede Hand gebrauchen!«

»Ist Cristobal da drin?« Peter zeigte auf den verschütteten Eingang.

»Bin ich, ja!«, kam eine dumpfe Stimme von drinnen. Cristobal!

Immer mehr Menschen halfen mit, die Steine und Felsbrocken zu beseitigen, und nach wenigen Minuten hatten sie es mit vereinten Kräften geschafft. Der Eingang lag offen und Cristobal trat ins Freie. Die Leute starrten ihn an und verstummten. Peter entdeckte jetzt auch Salas und weiter hinten den Mann mit der Lederjacke. Oder doch nicht? Er reckte sich, aber jetzt war der Unbekannte wieder weg.

Cristobal sah erschöpft aus und war völlig durchnässt, doch er schien unverletzt. Ein müdes Lächeln legte sich um seine Lippen. »Danke, vielen Dank, Leute! Ohne euch wäre die Sache böse ausgegangen.«
»Was ist denn passiert?«, fragte der Rotschopf und viele der Umstehenden nickten.
»So genau weiß ich das auch nicht. Jemand hat mir mächtig eins über die Rübe gezogen und dann bin ich da drin in einer Pfütze aufgewacht.« Cristobal zeigte hinter sich in die Höhle.
»War es Abe?«, rief ein anderer.
Cristobal zuckte die Schultern.
»Natürlich! Dave und Tom haben ihn doch gesehen!«, rief ein anderer. »Von ihrem Kutter! Das war der alte Abe!«
»Gesehen? Bei dem Nebel?«, widersprach ein Dritter. »Da würde Dave doch seine eigene Mutter nicht erkennen, so blind, wie der ist.«
Einige lachten, aber mehr aus Erleichterung, dass offenbar alles so glimpflich ausgegangen war.
Peter trat nach vorn. »Und die Steine und Felsen hier? Liegen die schon länger vor der Öffnung?«
Kurzes Zögern. Köpfe wurden zusammengesteckt. »Nee«, sagte ein Mann mit Seemannsmütze, »kann mich nicht dran erinnern. War wohl ein Steinschlag oder so.«
»Mir war auch so, als hätte ich es ziemlich rumpeln hören«, sagte Cristobal, »aber das kann auch dieses höllische Hämmern in meinem Kopf gewesen sein.« Er lachte gequält. »Und jetzt kommen mal am besten ein paar von euch mit, Leute, ich habe nämlich etwas gefunden! Hat einer eine Taschenlampe?«

»Gefunden? Was denn?«, fragte der Rotschopf und reichte Cristobal seine Stablampe.

»Werdet ihr gleich sehen.«

Cristobal ging voraus und ein Dutzend Männer folgten ihm, unter ihnen auch Peter. Es ging tief hinein in die Höhle, sicher dreißig oder mehr Meter, schätzte der Zweite Detektiv. Dann tat sich plötzlich ein kleiner Höhlensee auf, an dessen Rand ein merkwürdiges … Ding lag.

»Ein See, hier? Da soll mich do… Und was is 'n das?« Der Mann mit der Seemannsmütze ging näher ran.

Peter konnte bleiben, wo er war. Er hatte auf den ersten Blick erkannt, was er da vor sich hatte. Eine Art Floß mit Außenbordmotor und Tanks an den Seiten. Mit ihnen ließ sich vermutlich die Tiefe variieren, in der das Floß im Wasser lag. Und wenn es ganz unter der Wasseroberfläche verschwunden war, konnte dadurch wiederum der Eindruck erweckt werden, als stiege jemand auf einer Treppe aus dem Meer. Auf jenen Stufen nämlich, die sich am vorderen Ende des Floßes befanden.

»Erinnert euch«, sagte Cristobal. »Hat der kleine Colin, der Sohn von Harry Salas, nicht vor einigen Tagen jemanden wie auf einer Treppe aus dem Meer kommen sehen?«

Ungläubiges Raunen, verdutzte Gesichter.

»Du meinst«, fragte der Rotschopf, »dass das gar nicht … dass Abe … dass das hier …«

»Dass wir einem Schwindler aufgesessen sind«, half Cristobal dem völlig verwirrten Mann. »Ja, genau. Das meine ich. Jemand will, dass wir an die Legende um den alten Abe glauben. Warum auch immer.« Ein zufriedener Ausdruck trat in seine

Augen. »Von wegen Spuk! Das alles ist ein inszenierter Mummenschanz, nichts weiter!«

Wenn Justus das hört, dachte Peter mürrisch, hat er einen neuen besten Freund.

Als sie wenige Minuten später wieder aus der Höhle ins Freie traten, warteten noch mehr Leute auf sie. Peter glaubte sogar, Albert Goodstein zu erkennen, aber er verwechselte ihn mit Kramer. Zu Goodstein hätte es auch gar nicht gepasst, sich hier blicken zu lassen. Dann sah er Justus und Bob, die alle Mühe hatten, sich durch die Menge zu kämpfen. Er winkte ihnen, als ein aufgeregter Schrei an sein Ohr drang.

»Eliah! Eliah!« Vanessa Goodstein zwängte sich zwischen zwei Männern hindurch und rannte auf Eliah Cristobal zu. »Oh, Eliah! Du lebst!« In der nächsten Sekunde flog sie ihm an den Hals. Tränen rannen ihr über die Wangen und sie sagte irgendetwas zu ihm, das Peter nicht verstand.

Cristobal lächelte verlegen, nickte dann und wurde sogar ein wenig rot. Diese allzu stürmische und tränenreiche Begrüßung war ihm offenbar ein wenig peinlich. Der Rotschopf knuffte ihm feixend in die Schulter.

Einer jedoch lächelte nicht. Gar nicht. Peter hatte unwillkürlich zu Salas geblickt, während sich Vanessa und Cristobal umarmten. In Salas' Augen loderte der blanke Hass. Seine dünnen Lippen bebten vor Wut, dann drehte er sich mit grimmigem Blick um und verschwand in der Menge.

Schreiende Schatten

Trotz des Drängens der Leute wollte Cristobal nicht mit in den Ort kommen. Er brauche keinen Arzt, es gehe ihm gut. Und nach Reden und Erzählen sei ihm jetzt gar nicht zumute, er brauche ein wenig Ruhe. Er hoffe, man verstehe das.

Cristobal bedankte sich noch einmal für seine Rettung und lief dann zusammen mit Vanessa die Treppe zu seinem Häuschen hinauf. Einige Bewohner blieben noch zurück, um das seltsame Floß zu bergen, die anderen machten sich wieder auf den Weg nach Paradise Cove.

Auch die drei ??? begaben sich zurück in den Ort und überlegten, was sie nun tun sollten. Nach Hause fahren und dort die Ereignisse ordnen? Oder hierbleiben, falls es noch etwas zu klären gab? Sie entschieden sich fürs Hierbleiben und wählten als Ort für ihre Besprechung das Dead Man's Grave.

Als sie sich an einen der hinteren Tische gesetzt hatten, sah sich Bob um. »Jimmy Blue Eye scheint nicht hier zu sein.«

»Am Strand habe ich ihn auch nicht gesehen«, erwiderte Peter und winkte dem Wirt.

»Wir ebenfalls nicht. Aber Goodstein war zu unserer Überraschung dort.«

Der Zweite Detektiv sah Bob skeptisch an. »Wirklich? Ich dachte das auch erst, aber dann war es doch Kramer, mit dem ich ihn verwechselt habe.«

Bob zuckte die Schultern. »Kann auch sein. Er stand ein gutes Stück weg von uns.«
Die drei ??? ließen sich Limonade und ein paar Erdnüsse bringen. Anschließend tauschten sie die Ergebnisse ihrer Ermittlungen aus, danach berichtete Peter von den Dingen, die sich auf dem Hafenplatz und in der Bucht abgespielt hatten.
»Ein Floß?«, entfuhr es Justus. »Mit Stufen?«
Peter nickte. »An einem Höhlensee. Der, wenn ihr mich fragt, eine Verbindung zum Meer hat. So ähnlich, wie wir das einmal am Fels der Dämonen angetroffen haben.«
Der Erste Detektiv dachte nach. »Das scheint mir ebenfalls sehr wahrscheinlich. Auf diesem Weg könnte man das Floß auch unbemerkt in die Höhle bringen. Bleibt die Frage, was Abe, beziehungsweise derjenige, der sich als Wiedergänger dieser armen Seele ausgibt, damit bezwecken wollte. Und was das alles mit Cristobal zu tun hat.«
»Tja.« Der dritte Detektiv schürzte die Lippen. »Gute Frage.«
Die drei ??? tranken schweigend ihre Limonade und kauten auf den Nüssen herum. Eine Erleuchtung wollte keinem von ihnen kommen. Das alles ergab irgendwie keinen Sinn. Nichts passte zusammen, ein Motiv war weit und breit nicht in Sicht, ganz zu schweigen von einem Verdächtigen.
»Salas?«, überlegte Peter. »Der benimmt sich doch mehr als merkwürdig.«
»Hat aber kein Motiv«, wandte Bob ein. »Cristobals Heldennummer ist es ja gerade, was Salas so nervt.«
»Weil das wiederum Vanessa so toll findet«, sah Peter ein.

»Übrigens habe ich was zum siebten Dezember gefunden«, sagte Justus.
Peter und Bob sahen ihn erstaunt an.
»Der Angriff auf Pearl Harbor fand am siebten Dezember 1941 statt.«
»Ja? Und?«
»Jimmy Blue Eye könnte alt genug sein, um das als Kind mitbekommen zu haben. Und womöglich hat sich dieses Ereignis so tief in sein Bewusstsein eingegraben, dass es in seinem jetzigen … Zustand zu einer, wie soll ich sagen … gewissen Fehlschaltung führt. Ab und zu.«
»Hä?«
»Japaner!«, verstand Bob. »Die haben damals im Zweiten Weltkrieg Pearl Harbor angegriffen!«
»Genau.«
Der Zweite Detektiv ahnte jetzt, worauf Justus hinauswollte. »Du meinst, weil sich bei Jimmy im Alter die eine oder andere Latte gelockert hat, schlüpft die Erinnerung an Pearl Harbor immer dann durch seinen geistigen Gartenzaun, wenn er einen Japaner sieht?«
Justus nickte langsam. »So könnte man es auch ausdrücken.«
»Was bedeuten würde, dass auch Jimmy unseren Japaner gesehen hat«, sagte Bob.
»Ich weiß nicht, ob es unserer war. Aber er hat womöglich einen Japaner gesehen, ja. Und außer jenem besagten ist uns ja auch noch kein anderer begegnet, nicht wahr?«
Der Zweite Detektiv hob sein Glas, wollte trinken, zögerte aber. »Und hat das jetzt mit unserem Fall zu tun?«

Justus zuckte die Schultern. »Nein, aber es wäre womöglich eine Erklärung für Jimmys Besessenheit, was den siebten Dezember angeht.«
Peter lächelte matt. »Na, das ist doch wenigstens etwas.« Wieder hob er das Glas, setzte es an die Lippen, hielt aber erneut inne.
Der Mann! Der Lederjackentyp! Er saß auf der anderen Seite des Lokals, sah zu ihm herüber und sprach dabei in ein Handy.
Der Zweite Detektiv sprang auf. »Jetzt will ich's aber wissen! Das ist der Kerl!«
Justus und Bob blickten überrascht in die Richtung, in die Peters Finger zeigte.
»Der mich den ganzen Tag schon verfolgt!« Der Zweite Detektiv stellte sein Glas auf den Tisch und schob den Stuhl zurück. »Jetzt werde ich ihn mir – hey!«
Der Mann stand ebenfalls auf, drehte sich um und steuerte schnurstracks auf den Ausgang zu.
»Kommt mit!«, forderte Peter seine Freunde auf und nahm seine Jacke von der Stuhllehne. »Ich will jetzt endlich wissen, was der Typ von mir will!«
Jetzt sahen auch Justus und Bob den Mann – schwarze Haare, dunkle Augen, Hakennase – und erinnerten sich an das, was der Zweite Detektiv über ihn erzählt hatte. Sie schnappten sich ebenfalls ihre Jacken, legten eilig ein paar Scheine auf den Tisch und folgten Peter aus dem Lokal.
Draußen war es mittlerweile dunkel geworden – und der Nebel noch dichter. Verwaschen schimmerten die Lichter der Laternen durch den nassen Dunst. Einige fahle Nebelfetzen

schlichen wie verirrte Geister über den einsam daliegenden Hafenplatz. Von rechts drang das laute Klacken von Schuhabsätzen zu den drei Detektiven.

»Da ist er!« Peter rannte hinterher. Justus und Bob folgten ihm. Der Mann hatte einen gehörigen Vorsprung. Aber der Umstand, dass die Straßen wie ausgestorben waren, erleichterte die Verfolgung. Solange der Mann lief, hörten sie ihn. Und ab und zu, wenn die Straße oder Gasse lang genug war, sahen sie für einen Moment auch seinen Schemen.

Einige Male bog der Mann rechts oder links ab. Er hatte offenbar kein bestimmtes Ziel, sondern nur die Absicht, die drei Jungen abzuschütteln. Doch da hatte er die Rechnung ohne Peter gemacht. Zumal das Sportass der drei ??? im Moment ziemlich wütend und daher noch ein wenig schneller war als sonst.

»Macht schon!«, rief er seinen Freunden zu, die zusehends an Boden verloren.

Der Mann wechselte abermals die Richtung und rannte jetzt bergauf. Der Zweite Detektiv achtete gar nicht auf die Umgebung, doch als Justus ein gutes Stück hinter Bob in die Straße einbog, kamen ihm die Häuser bekannt vor. Weiter oben wohnten die Goodsteins, ungefähr dort, wo er gerade noch die Kontur des Fremden im Nebel erkennen konnte. Oder war es die von Peter?

Eine halbe Minute später wusste Justus Bescheid. Es war die von Peter gewesen. Der Mann war nämlich verschwunden.

»Das gibt es doch nicht!« Der Zweite Detektiv stand ziemlich genau unter einer Straßenlaterne und drehte sich auf der Stelle.

»Hier ist er noch vorbeigelaufen. Ich hab's genau gesehen. Und dann war er weg.« Er breitete die Arme aus.
Bob sah sich um. »Da vorn geht eine kleine Straße ab.«
»War ich«, sagte Peter. »Ist er nicht.«
»Hast du ihn nicht mehr gesehen oder nicht mehr gehört?«, fragte Justus.
Der Zweite Detektiv begriff. »Gesehen. Verdammt. Er hat sich versteckt.«
Justus nickte. »Dort drin oder anderswo. Und er könnte sich mittlerweile in aller Stille davongestohlen haben.«
»Mann!«, entfuhr es Peter. Er ballte die Faust und ging los.
»Warte mal!«, rief Bob und kniete sich hin. Irgendetwas hatte er in dem staubigen Randstreifen neben dem Asphalt entdeckt. »Das kenne ich doch! Das ist doch …«
Der Erste Detektiv ging ebenfalls in die Knie. »Der Abdruck eines Zehenschuhes! Auch Jika-Tabi genannt.« Er zeichnete den Umriss der Spur nach. Eine Sohle, die vorn in nur zwei breiten Zehen endete.
Peter kam zurück. »Die Dinger, die die Samurai tragen?«
»Zum Beispiel«, erwiderte Justus.
»Aber der Kerl war kein Samurai«, sagte Peter. »Der war nicht mal Japaner. Und er hat Schuhe mit Absätzen getragen.«
Der Erste Detektiv erhob sich wieder und blickte sich aufmerksam um. »Was die Sache nur noch mysteriöser – da!«, stieß er auf einmal hervor und deutete die Straße hinunter zu einem Baum, dessen dicke Äste vom Grundstück der Goodsteins über die Mauer auf die Straße reichten.
»Was ist denn da?«

Bob und Peter sahen angestrengt nach oben, während Justus auf den Baum zulief.
»Da war ein Schatten! Da war jemand! Ganz sicher! Ich habe ihn gesehen. Nur kurz zwar, aber er ist über einen der Äste auf die Mauer geklettert und dann auf das Grundstück gesprungen.«
»Mein Kerl?«, fragte Peter, der jetzt wie Justus unter der großen Eiche stand und hinaufblickte. »War der das?«
»Nein, ich glaube nicht. Der war kleiner.«
»Der Japaner!«, vermutete Bob.
»Kann sein. Kommt mit!«, rief Justus. »Wir müssen Goodstein warnen!«
Die drei Jungen hasteten zum Tor und klingelten Sturm. Während sie eine gefühlte Ewigkeit warteten, spähten sie durch die Gitterstäbe. Doch sie konnten niemanden entdecken.
»¡Caramba! Wer ist da?« Wieder die Spanierin.
»Schnell!«, rief Justus. »Holen Sie Mr Goodstein! Jemand ist auf Ihr Grundstück eingedrungen! Ein Einbrecher!«
»¡Madre de Dios!«, erschrak die Frau. »Mr Goodstein! Mr Goodstein!« Die Stimme entfernte sich.
Ein paar Sekunden später bellte Goodstein aus der Sprechanlage. »Was ist los? Soll das ein Scherz ein?«
»Nein, Mr Goodstein, wir haben –«
»Dich kenn ich doch! Du hast mich doch gestern schon rausgeklingelt!«
»Ja, aber diesmal ist es noch viel wichtiger!« Justus kroch fast in die Sprechschlitze. »Wir haben eben eine Gestalt gesehen, die von der alten Eiche auf Ihr Grundstück gesprungen ist!«

»Das ist doch Unsinn! Hirngespinst! Ich habe Bewegungsmelder! Das hätte ich gehört!«
»Es stimmt aber!«, rief Peter aus dem Hintergrund.
Goodstein zögerte. »Bei der alten Eiche, sagt ihr?«
»Ja!«, antworteten die drei ??? im Chor.
»Wartet! Ich komme raus! Und wehe, ihr nehmt mich auf den Arm!«
Kurz darauf öffnete sich die Haustür und Goodstein kam den Plattenweg zum Tor entlanggelaufen. Er wirkte ziemlich ungehalten. Seine ausschließlich schwarze Kleidung ließ den großen, kahlköpfigen Mann noch furchteinflößender wirken.
»Also? Wo war das?«, knurrte er. »Ich habe Besuch, den ich nicht warten lassen will. Macht schnell!«
»Dahinten!« Justus zeigte auf den Baum. »Er ist über die Äste auf die Mauer geklettert und dann gesprungen.«
»Unmöglich!« Goodstein öffnete das Tor. Er ging an der Mauer entlang bis zur Eiche. »Da oben?«
»Ja.« Die Jungen nickten.
»Unsinn!« Goodstein hob einen Ast auf. »Wenn ich den über die Mauer werfe, geht sofort die Sirene los. Passt auf!« Er holte aus und schleuderte den Ast über die Mauerkrone.
Nichts passierte.
Goodstein erbleichte. »Was zum Teufel?«
Plötzlich war vom Haus her ein lautes Geräusch zu hören. Glas splitterte, eine große Scheibe. Und kurz darauf schrie ein Mann voller Schmerzen auf.

Drei für drei

»Was ist da los?« Goodstein wirbelte herum und eilte zurück zum Haus. Die drei Jungen fragten erst gar nicht, sondern rannten ihm einfach hinterher.

Noch ein Schrei! Diesmal von einer Frau aus dem Haus. Und ein weiterer entsetzter Schrei! Eine andere Frau im Haus. Die Jungen sahen sich im Laufen an. Sie befürchteten das Schlimmste.

»Da!« Peter zeigte nach rechts. Justus und Bob sahen gerade noch, was er meinte. Ein Schatten, der durch den Garten huschte.

»Ich übernehme das!«, rief der Zweite Detektiv und trennte sich von seinen Freunden.

»Okay.« Justus hob den Daumen. Er und Bob blieben Goodstein auf den Fersen.

Wenige Augenblicke später hatte Goodstein das Haus erreicht und stürmte hinein. »Vanessa? Eliah?«

Eliah? Diesmal trafen sich nur die Blicke von Justus und Bob. Eliah Cristobal? Hier im Haus der Goodsteins?

»Was zum Henker ist passiert? Vanessa?« Goodstein hastete die Treppe zum ersten Stock hinauf. Dicht hinter ihm nahmen die beiden Detektive die Stufen.

»Señor Goodstein! Kommen Sie! Schnell! ¡Madre mía!« Oben am Treppenabsatz stand eine ältere Frau, womöglich eine Mexikanerin. Schwarze Haare, dunkler Teint, Küchenschürze. Die

Stimme aus der Sprechanlage. Voller Entsetzen schlug die Frau die Hände vors Gesicht.
»Daddy!«, hörten Justus und Bob eine junge Frau verzweifelt schluchzen.
»Vanessa!« Goodstein stürzte an seiner Haushälterin vorbei.
Einen Augenblick später sahen auch Justus und Bob, was los war. Eliah Cristobal lag am Ende eines langen Flurs bewegungslos auf dem Boden, Vanessa Goodstein kniete über ihm, dahinter stand ein grimmig dreinblickender Samurai in voller Kriegsmontur. Als die beiden Jungen nahe genug waren, erkannten sie ein dünnes Rinnsal Blut, das sich auf Stirn und Schläfe des Schriftstellers abzeichnete. Und dass der Samurai nur eine Wachsfigur war.
»Daddy! Ist er tot? Ist er tot?«
Goodstein nahm seine Tochter an der Schulter und drängte sie behutsam zur Seite. »Lass mich mal. Was ist passiert?«
»Ich weiß es nicht!« Tränen rannen über ihr Gesicht. »Kurz nachdem du draußen warst, haben wir was gehört, ein Splittern. Und dann einen Schrei. Wir wollten nachsehen, aber Eliah sagte, ich sollte hierbleiben. Er ging raus auf den Gang und dann … hörte ich ihn stöhnen und es … polterte. Ich lief sofort raus, und da«, sie zeigte auf Cristobal und brach wieder in Tränen aus, »lag er hier. Oh mein Gott! Daddy!«
»Mach mal einer das Licht an!«, befahl Goodstein.
Bob wandte sich um und fand einen Dimmer, den er nach rechts drehte. Der in gedämpftem Licht liegende Gang erhellte sich.
»Rosaria! Ruf die Polizei! Und den Krankenwagen.«
»¡Sí, sí!« Die Mexikanerin eilte die Treppe hinab.

»Er ist nicht tot. Er atmet«, stellte Goodstein fest.
»Gott sei Dank!« Vanessa fing wieder an zu weinen und die beiden Detektive sahen sich erleichtert an. Dabei fiel Justus' Blick nach rechts. Wo sie standen, teilte sich der Gang T-förmig. Sie waren sozusagen den Stamm des Ts entlanggelaufen und rechts und links des Samurais gingen zwei gleich lange Seitenarme ab. Am Ende des rechten hing ein großer, rechteckiger Spiegel. Er war kaputt. Völlig zersplittert.
»Cristobal? Hören Sie mich?« Goodstein tätschelte dem Mann leicht die Wange. »Hallo? Hören Sie mich?«
Bob wollte Goodstein gerade darauf hinweisen, dass es keine gute Idee war, einen niedergeschlagenen, besinnungslosen Mann auf diese Weise zu wecken, als er aus dem Augenwinkel eine Bewegung wahrnahm. Links von sich, am Ende des anderen Seitenarmes.
»Da ist einer!« Alle Köpfe drehten sich nach links und Bob spurtete los. Justus kam sofort hinterher.
Die Gestalt war in eines der Zimmer gelaufen. Als die beiden Detektive durch die Tür hasteten, sahen sie, dass sich jemand am Fenster zu schaffen machte. Offenbar wollte er auf diesem Weg türmen.
»Bleiben Sie stehen!«, rief Bob. »Sie haben keine Chance! Wir haben Leute im Garten postiert!« Gelogen, aber vielleicht hilfreich.
Und tatsächlich! Der Fremde, der schon auf das Fensterbrett gestiegen war, kam langsam wieder herunter und ließ die Arme sinken. Fast teilnahmslos fügte er sich in sein Schicksal und drehte sich mit hängendem Kopf um.

Bob schaltete das Licht ein. Ein kleiner, schmächtiger Mann stand vor ihnen. Ein Japaner. Justus bemerkte sofort die Zehenschuhe an seinen Füßen. Eine Hand hatte der Mann unter seine beige Jacke geschoben, die eher ein Kittel mit weiten Ärmeln war.

»Machen Sie bitte keine Schwierigkeiten und folgen Sie uns!«, sagte Justus. »Die Polizei müsste jeden Augenblick da sein.«

Der Mann nickte traurig und kam auf die Jungen zu.

»Und wenn Sie mir bitte geben würden, was Sie da unter Ihrer Jacke verborgen halten.«

Der Japaner sah Justus an. In seinen Augen spiegelte sich Hoffnungslosigkeit und eine Art Schmerz, die der Erste Detektiv im Moment nicht deuten konnte. Dann holte der Mann seine Hand unter der Jacke hervor und reichte Justus eine kleine Porzellanschale.

»Bitte sehr.« Zwei Wörter, die trauriger nicht hätten klingen können.

Der Erste Detektiv betrachtete verwunderte die Schale. Es war eine japanische Teeschale. Sehr fein gearbeitet, wunderschön bemalt und offenbar sehr alt. Und dafür war der Mann hier eingebrochen? Für eine Teeschale? Und hatte Cristobal niedergeschlagen? Dazu noch, Justus stutzte, einen Spiegel zertrümmert, der sich auf der anderen Seite des Ganges befand? Es sei denn, der Spiegel war schon länger kaputt, was er nicht glaubte. Goodstein würde keinen demolierten Spiegel in seinem Haus hängen lassen. Und überhaupt – wie war der Mann so schnell aus dem Garten heraufgelangt? Peter hatte ihn doch erst vor zwei Minuten unten durch die Büsche huschen sehen!

»Was ist los, Just?« Bob hatte bemerkt, dass seinem Freund irgendetwas durch den Kopf ging.
Justus blickte dem Mann in die Augen, sah wieder auf die Schale, dachte nach. Hier stimmte doch was nicht! »Ich weiß es noch nicht. Aber irgendetwas ist hier faul.«
»Was meinst du mit faul?«
»Na ja, wenn man –«
»Oh, Eliah! Eliah!«, rief in diesem Moment Vanessa.
Die beiden Detektive bedeuteten dem Japaner, dass er vor ihnen das Zimmer verlassen sollte, und traten dann ebenfalls auf den Flur. Vanessa beugte sich wieder über Cristobal, der jetzt jedoch nicht mehr auf dem Boden lag. Er saß an die Wand gelehnt und war offenbar wieder bei Sinnen.
»Oh, mein Darling! Wie geht es dir? Bist du verletzt?«
Cristobal sah reichlich benommen drein. Anscheinend war er noch nicht so ganz auf dem Damm.
»Sie?« Goodstein hatte den Japaner entdeckt. Er stand auf und kam auf den Mann zu. Wut sprühte aus seinen Augen, als er mit dem Finger auf ihn zeigte. »Sie? Schon wieder? Ich dachte, ich hätte Ihnen deutlich zu verstehen gegeben, dass Sie sich hier nie mehr blicken lassen sollen?«
Der Japaner blieb völlig ruhig. »Sie verstehen nichts. Gar nichts.«
»Ich verstehe, dass Sie schon letztes Mal unbefugt in dieses Zimmer eingedrungen sind!«
»War das, als wir zum ersten Mal bei –«
»Ja«, unterbrach Goodstein Justus. »Nachdem ich ihm gesagt habe, dass ich das Ding nicht verkaufe, hat er so getan, als müsse

er noch aufs Klo, und schlich sich stattdessen in das Zimmer. Diese Ratte!« Er lächelte finster und wandte sich wieder dem Japaner zu. »Und ich war mir so sicher, dass die Lektion, die Ihnen Spike und Chap anschließend erteilt haben, gesessen hat. Da habe ich mich wohl geirrt!« Er packte den Mann am Kittel und zog ihn zu sich. »Aber jetzt ist es genug! Sie kommen ins Gefängnis, dafür werde ich –«

»Hilft mir mal einer!«, drang plötzlich aus dem Garten Peters Stimme zu ihnen. »Ich hab ihn! Es ist Salas! Komm mal einer runter und hilf mir! Und ruft einen Krankenwagen!«

Salas? Justus und Bob sahen sich konsterniert an. Harry Salas? Was hatte denn Salas hier zu suchen?

Aus einiger Entfernung waren die Sirenen der Polizeiwagen zu hören.

Bodycheck

Wie ein Tiger im Käfig lief Goodstein im Wohnzimmer auf und ab. Alle waren sie dort versammelt: seine Tochter, Cristobal, der sich einen Eisbeutel an den Kopf hielt, Salas, der sich einen ans Knie hielt, Rikuo Yamamoto, zwei Polizeibeamte aus Malibu sowie Peter und Bob. Nur Justus war noch draußen auf dem Gang. Nachdem die drei ??? den Polizisten die Sachlage beschrieben und ihnen auch erklärt hatten, welche Rolle sie bei allem spielten, hatte sich der Erste Detektiv draußen noch etwas ansehen wollen.

Wieder blieb Goodstein vor dem Japaner stehen. »Sagen Sie mir endlich, wo Sie die Tuschebilder versteckt haben!«

Der Mann schüttelte den Kopf und nickte zu dem kleinen Tischchen, auf dem die Teeschale stand. »Sie wissen, dass ich nur deswegen gekommen bin, nur deswegen.«

»Das ist gelogen!«, schrie Goodstein. »Blödsinn ist das!«

»Ist es nicht.«

»Weil die Ihrer Familie gehört?«, wiederholte Sergeant Beck.

»Seit über dreihundert Jahren, ja«, erwiderte Yamamoto.

Goodstein tippte sich auf die Brust. »Jetzt gehört sie mir! Ich habe sie gekauft!«

»Aber sie wurde uns letztes Jahr gestohlen! Und ist dann anscheinend irgendwie bei Ihrem Antiquitätenhändler gelandet!«

Jetzt wurde sogar Yamamoto ein bisschen laut. »Ich hätte sie

Ihnen abgekauft, das wissen Sie! Aber Sie haben sich stur gestellt!«

»Und deswegen brechen Sie bei mir ein?«

»Ja! Aber das verstehen Sie nicht! Sie haben zwar das Haus voller japanischer Kunstwerke, aber keine Ahnung von der japanischen Seele!«

»Ach, hören Sie doch auf! Und wo sind dann meine Tuschebilder? Hä? Die im selben Raum wie diese Tasse waren, nur ungefähr tausendmal wertvoller sind?«

Yamamoto zuckte die Schultern. »Ich – weiß – es – nicht!«

Justus kam wieder herein. Peter und Bob bemerkten, dass jenes typische Funkeln in seinen Augen lag. Jenes Ich-habe-etwas-sehr-Interessantes-entdeckt-Funkeln.

»Noch einmal zu Ihnen, Mr Salas«, sagte der andere Polizist, ein Inspektor Fawkes. »Sie haben also zufällig eine Gestalt gesehen, die über die Mauer geklettert ist, und haben sie verfolgt, weil Sie sich Sorgen um Miss Goodstein machten? Und bei dem Versuch, auf den Balkon zu gelangen, wo Sie jene Gestalt entdeckten, sind Sie abgestürzt und haben sich das Knie verdreht?«

Salas murmelte etwas, ohne aufzusehen.

»Bitte? Ich kann Sie nicht verstehen.«

»Ja, zum Teufel!« Ein flüchtiger Blick streifte Vanessa, die aber nur Augen für Cristobal hatte.

»Und Sie haben nicht geklingelt, weil Sie annahmen, dass Ihnen Mr Goodstein sowieso nicht glauben würde und Sie nur verscheucht hätte.«

»Ja«, knurrte Salas.

»Weil er weiß, was Sie für Miss Vanessa empfinden, und angenommen hätte, dass Sie nur einen plumpen Annäherungsversuch machen wollten. Und weil er sich für seine Tochter eine bessere Partie wünscht als einen Schreiner.«

»Schiffsschreiner. Jaja!« Salas blickte den Polizisten zornig an. »Haben Sie mich jetzt genug vor allen gedemütigt?« Wieder suchten seine Augen die von Vanessa. Und jetzt sah auch sie ihn an. Ein kleines Lächeln spielte um ihre Lippen.

»Ich weiß nicht. Und ich weiß vor allem nicht, ob ich Ihnen diese Geschichte glauben soll«, sagte Fawkes.

»Dann lassen Sie's!«, fauchte Salas.

»Wieso haben Sie denn nicht die Polizei gerufen?«

Salas schwieg und starrte düster vor sich hin. Aber Justus kannte die Antwort. Weil er weiß, dachte er, dass Vanessa auf Helden steht. Und eine dramatische Rettung vor dem Schurken hätte sie sehr viel mehr beeindruckt als ein Anruf bei der Polizei. Doch der Erste Detektiv behielt sein Wissen für sich. Salas tat ihm leid und er wollte ihm nicht noch mehr zusetzen. Außerdem glaubte er ihm.

»Die lügen doch beide wie gedruckt!«, ereiferte sich Goodstein erneut. Seine Glatze leuchtete wie eine Boje. »Und ich will jetzt endlich meine Tuschebilder wieder. Und woher wussten Sie überhaupt, wo die Bewegungsmelder nicht funktionieren?« Er funkelte den Japaner an.

»Ich wusste das nicht«, antwortete Yamamoto gelassen. »Sie funktionierten einfach nicht.«

»Pah!« Goodstein warf die Arme in die Luft. »Natürlich!«

»Mr Goodstein«, wandte sich Fawkes an den Hausherrn, »wenn

ich Ihnen einen Tipp geben darf: Falls Sie Ihr Haus wirklich zuverlässig schützen wollen, dann lassen Sie sich eine ordentliche Alarmanlage einbauen. Und sehen Sie zu, dass die Äste Ihrer Bäume nicht über den Zaun wachsen. Nur so als Hinweis.«

Goodstein brummte etwas Unverständliches und blickte finster zu Boden.

Die beiden Polizisten sahen sich kurz an, dann wandte sich Sergeant Beck Cristobal zu. »Mr Cristobal. Sind Sie jetzt in der Lage, ein paar Fragen zu beantworten?«

»Schießen Sie los!« Cristobal nickte tapfer.

»Sie haben also ein Splittern gehört, wie Miss Goodstein berichtete, und sind auf den Gang gelaufen, um nachzusehen, was los war?«

»Und diesen Schrei hab ich gehört, ja.«

»Den Schrei von Mr Salas, als er abgestürzt ist, verstehe. Und was ist dann passiert?«

Cristobal schüttelte den Kopf. »Jemand hat mich von hinten gepackt. Ein Mann wahrscheinlich. Er war sehr kräftig.«

»War er eher groß oder klein?«, fragte Justus.

»Fühlte sich eher groß an.«

»Dann können wir Mr Yamamoto wohl ausschließen.«

Fawkes sah Justus aufmerksam an. »Du hast recht. Aber wer war es dann? Mr Salas war ja gar nicht im Haus.«

»Das klärt sich vielleicht gleich«, erwiderte Justus geheimnisvoll. »Mr Cristobal. Was passierte, nachdem Sie der Mann gepackt hatte? Und konnten Sie irgendetwas erkennen? Oder riechen? Hören?«

»Außer dem schwarzen Ärmel um meinen Hals habe ich nichts

bemerkt. Ich habe versucht, mich zu wehren, aber der Kerl war enorm stark. Trotzdem habe ich einen Arm frei bekommen und seinen Hals erwischt. Dabei habe ich ihm diese Kette abgerissen.«

Cristobal öffnete seine Hand und zeigte allen eine Kette, an der ein Amulett hing. »Tja. Und dann sind die Lichter ausgegangen.«

Der Erste Detektiv hatte die letzten Worte kaum noch mitbekommen. Wie gebannt starrte er auf das Amulett. Zwei smaragdene Schlangen, die sich um einen von blutroten Rubinen gesäumten Mond wanden, in dessen Mitte ein großes, goldenes B eingraviert war.

»Armer Schatz«, flötete Vanessa und strich Cristobal über die Wange. »Heute haben sie dir aber wirklich übel mitgespielt!«

Salas konnte nicht hinsehen.

»Sie haben echten Heldenmut bewiesen!«, sagte Goodstein zu Cristobal. »Und meine Tochter beschützt. Danke dafür. Tausend Dank! Aber die beiden Galgenvögel«, er zeigte auf Salas und Yamamoto, »nehmen Sie jetzt mit. Drehen Sie sie auf dem Revier ordentlich durch die Mangel. Die stecken bestimmt unter einer Decke!«

»Das werden wir herausfinden.« Beck erhob sich. »Also, dann wollen wir mal.« Er nickte den beiden Männern zu und ging Richtung Tür.

»Einen Moment!« Justus war wieder aus seiner Starre erwacht. »Es sind tatsächlich zwei Kerle, die unter einer Decke stecken. Aber es sind nicht diese beiden. Statten Sie einem gewissen Mr Ben Kramer einen Besuch ab, der hier im Ort Urlaub macht. Bei ihm dürften Sie die Tuschebilder finden. Und verhaften Sie bitte auch Mr Cristobal. Der ist nämlich sein Komplize.«

Cristobal ließ den Eisbeutel sinken und gaffte Justus an. »Bist du … irre?« Er stand langsam auf.

»Junge!«, rief Goodstein. »Was faselst du da?«

Auch die anderen schauten den Ersten Detektiv an, als käme er von einem fremden Planeten. Nur Peter und Bob waren plötzlich sehr aufmerksam. Sie kannten Justus gut genug, um zu wissen, dass er seine Gründe hatte, wenn er derartige Behauptungen aufstellte.

Der Zweite Detektiv erhob sich ebenfalls und machte zwei Schritte nach rechts.

»Ich?« Cristobal deutete auf sich und kam auf Justus zu. »Ein Komplize? Ich wurde niedergeschlagen! Schon vergessen?«

»Ablenkungsmanöver«, sagte der Erste Detektiv. »Sie sind auf den Flur gegangen, weil Sie gehört haben, dass etwas nicht stimmte. Und dann haben Sie und Mr Kramer improvisiert.«

Cristobal schien aufrichtig verblüfft. »Du spinnst. Komplett!« Er machte einen Schritt nach links.

»Ach ja? Und wie erklärt es sich dann, dass sich genau jenes Amulett, das Sie dem Einbrecher vom Hals gerissen haben, in einem Ihrer Bücher wiederfindet? Ein Amulett, das es so ein zweites Mal sicher nicht geben wird?«

Cristobals Lächeln gefror.

»In einem … meiner Bücher? Aber das wüsste ich doch! Nicht wahr?« Er lachte gekünstelt und blickte die anderen an. »Das müsste ich doch wissen, oder?«

Noch ein Schritt nach links.
Vanessa nickte, doch die beiden Polizeibeamten nicht. Und sie lachten auch nicht, genauso wenig wie Goodstein.
Und dann ging alles ganz schnell. Cristobal drehte sich um und rannte plötzlich wie ein geölter Blitz zur Tür. Aber genau damit hatte Peter gerechnet. Während alle anderen erschraken oder nur zuschauten, stellte er sich dem Mann in den Weg. Als Cristobal nahe genug war, stemmte sich Peter gegen den Aufprall, drehte die Schulter nach vorn und ließ ihn mit einem gekonnten Bodycheck an die Wand laufen. Cristobal schlug mit voller Wucht dagegen, stöhnte schmerzvoll auf und sank dann wie ein nasser Sack zu Boden.

Tod im Spiegel

Für den nächsten Nachmittag hatte Albert Goodstein die drei ??? zu Tee und Kuchen eingeladen. Er wollte unbedingt wissen, wie Justus auf Kramer und Cristobal gekommen war, und gestern Abend war dafür keine Zeit mehr gewesen, weil die Polizei mit den drei Detektiven einiges zu besprechen gehabt hatte. Goodstein wusste nur, dass Justus recht behalten hatte: Die Tuschebilder hatten sich tatsächlich in Kramers Ferienhaus gefunden. Kramer selbst war so überrascht vom plötzlichen Auftauchen der Polizei gewesen, dass er erst gar nicht den Versuch gemacht hatte zu leugnen. Vor den Augen seiner ahnungslosen Frau war er abgeführt worden. Fiona hatte zum Glück nichts mitbekommen. Sie schlief tief und fest im Nebenzimmer.

Salas war auch eingeladen worden. Sein mutiger Einsatz für Vanessa ließ ihn für Goodstein nun offenbar in einem anderen Licht erscheinen. Außerdem hatte er ihn zu Unrecht verdächtigt und etwas wiedergutzumachen. Dennoch wirkte Salas recht unsicher, wie er da auf seinem Stuhl saß. Was, so vermutete Peter, vor allem an Vanessa lag, die sich genau neben ihn gesetzt hatte und ihn nun ganz offensichtlich auch mit anderen Augen sah. Colin und die kleine Heather, die die drei ??? zum ersten Mal zu Gesicht bekamen, hatten einen Tisch für sich allein. Und einen kleinen Kuchen für sich allein. Mrs Goodstein war, wie die drei ??? erfuhren, schon seit vier Wochen bei Verwandten in Europa.

»So, greift zu!« Goodstein deutete auf den üppig gedeckten Tisch. »Rosaria macht die besten Kekse, die ich kenne! Und ihr Kuchen ist auch erste Sahne. Apropos Sahne. Ich muss euch warnen: Sie spart nicht mit Butter, Zucker und sonstigen Kalorienbomben!« Er lachte.

»Das macht gar nichts«, sagte Peter und nahm sich gleich zwei Kekse. Bob wählte ein großes Stück Schokotorte mit Sahne. Nur Justus zögerte eine Sekunde, konnte aber dann doch nicht widerstehen. Pekannuss-Kuchen. Und einen Keks.

»Also.« Goodstein trank einen Schluck Tee. »Ich sterbe vor Neugier. Ihr müsst mir jetzt unbedingt erklären, was da gestern abgelaufen ist.«

»Entscheidend war der kaputte Spiegel«, erläuterte der Erste Detektiv. »Beziehungsweise die Kugel, die ich dahinter in der Wand gefunden habe. Denn da ich nicht davon ausging, dass Sie einen zerbrochenen Spiegel einfach so hängen lassen, stellte sich mir die Frage, warum der Einbrecher den Spiegel zerschossen hat. Hilfreich bei diesem Erkenntnisprozess war, dass wir in letzter Zeit ziemlich viel mit Spiegeln zu tun hatten, sich mein Onkel den Fuß verknackst hat, weil er sich vor seinem eigenen Spiegelbild erschrocken hat – und auch Peters Ähnlichkeit mit einer bekannten Person trug dazu bei, dass ein Gedanke den anderen ergab.«

»Er meint Godzilla«, flachste der Zweite Detektiv und Vanessa lachte. Allerdings sah sie dabei diesmal nicht ihn an, sondern Salas, der sofort rot anlief.

»Die Antwort«, fuhr Bob fort, der wie Peter natürlich längst Bescheid wusste, »war, dass der Einbrecher in diesem Spiegel jemanden gesehen hat, der ihn erschreckte oder den er fürchtete.«

»Aber man sieht sich doch selbst im Spiegel, wenn man dort jemanden sieht!«, widersprach Goodstein.

»Aber wenn man das Haus nicht kennt, keine Ahnung hat, wo Spiegel hängen, und dann plötzlich jemanden erblickt, von dem man weiß, dass er einem selbst sehr ähnlich sieht, dem man aber in keinem Fall über den Weg laufen will …«

»Kramer!«, verstand Goodstein, der dem Mann am Abend zuvor noch begegnet war. Und sich daran erinnert hatte, dass er ihn schon einmal gesehen hatte: vor langer Zeit auf einer Auktion, wo er Kramer irgendein Kunstwerk vor der Nase weggeschnappt hatte. Goodstein konnte sich auch deswegen noch daran erinnern, weil er sich damals über dessen Ähnlichkeit mit sich selbst gewundert hatte. »Er hat sich dort im Spiegel gesehen und gedacht, er würde mich sehen! Und hat auf mich geschossen!«

»Richtig«, sagte Peter. »Von allen, mit denen wir in diesem Fall zu tun hatten, sah nur Kramer Ihnen so ähnlich, dass diese Verwechslung möglich war. Wir haben ihn am Strand selbst einmal mit Ihnen verwechselt. Dazu kommt, dass Kramer als Einbrecher in Schwarz unterwegs war, wie wir von Mr Cristobal erfahren haben. So wie Sie es immer sind.«

Goodstein schüttelte ungläubig den Kopf. »Genial. Ihr seid einfach genial!«

»Seid ihr wirklich«, stimmte ihm Salas zu. Vanessa lächelte,

während sich hinten Colin und Heather allmählich in Clowns mit Sahnemündern verwandelten.
»Und dass wir den Schuss nicht gehört haben, lag an dem Schalldämpfer, den man bei Kramer gefunden hat«, erklärte Bob.
»Das Splittern des Spiegels und Mr Salas' Schrei waren aber sehr wohl zu hören«, sprach Justus weiter. »Was nun Cristobal alarmierte. Irgendetwas schien schiefzulaufen. Er ging auf den Flur, auch um nicht als Feigling dazustehen, traf Kramer und beide improvisierten. Cristobal musste ja erklären, was los war. Kramer schlug ihn nieder und türmte mit den Tuschebildern.«
»Das würde aber bedeuten, dass das alles schon von langer Hand vorbereitet war«, meinte Goodstein.
Justus nickte. »Kramers Motiv war Rache und Habgier, wie wir ja mittlerweile wissen. Rache für die Auktion damals und Habgier, weil er spätestens seit dieser Zeit wusste, dass bei Ihnen einiges zu holen war. Er spionierte Sie aus und stieß bei seinen Recherchen auf Vanessas Schwäche für Helden und auf die Sage um Merryweather. Als er dann zufällig die Grotte mit der Verbindung zum Meer fand, muss es bei ihm klick gemacht haben.«
Vanessa sah betreten zu Boden. Über die Rolle, die ihr Profil bei cloud+ in diesem Fall gespielt hatte, wusste sie schon seit dem Abend zuvor Bescheid. Das Ganze war ihr mehr als peinlich.
Bob ergriff wieder das Wort. »Sein Plan reifte, aber er brauchte einen Komplizen. Einen Komplizen, der ihm Zugang zu Ihrem

hoch gesicherten Haus verschaffte. Und in dem gleichermaßen erfolg- wie mittellosen Cristobal fand er diesen Komplizen, wie und wo auch immer die beiden sich kennengelernt haben. Das wird die Polizei sicher herausfinden.«

»Das mit der Kette war allerdings oberdämlich«, sagte Peter. »Aber irgendwie war ihm nicht klar, dass diese einzigartige Kette eine Verbindung zwischen ihm und Kramer herstellt.«

»Na ja«, meinte der Erste Detektiv, »sein Plan war ziemlich elaboriert. Aber ansonsten ist sein kreatives Potential eher beschränkt. Ich weiß, wovon ich rede, ich habe in seinem Buch gelesen.«

Alle lachten. Vanessa jedoch brachte nur ein sehr bemühtes Lächeln zustande.

»Beide«, erklärte Bob weiter, »haben dann in den letzten Wochen den Spuk um Merryweather inszeniert, inklusive Floß, wiedererwachtem Leuchtturmfeuer, demoliertem Boot und abgestürztem Jeep. Und Cristobal gab den einsamen Helden, der todesmutig der Sache auf den Grund geht.«

»Vermutlich hat er uns auch deswegen zu Jimmy Blue Eye geschickt«, überlegte Peter. »Er wusste, dass der Alte mit seiner düsteren und etwas wirren Art die Sache noch einmal unheimlicher machen würde, was den beiden ja nur recht sein konnte.«

»Moment mal!«, warf Salas ein. »Und was war mit Fiona?«

Justus' Gesicht wurde ernst. »Ich fürchte, Kramer hat sogar seine eigene Tochter benutzt, um den Spuk glaubhaft zu machen. Der Zeitpunkt war sicher abgesprochen. Vermutlich haben sie per Handy kommuniziert, als wir oben am Leuchtturm waren. Und dann hat Kramer seiner Tochter Ketamin verabreicht, eine

Art Schlafmittel, das die Polizei bei ihm im Haus entdeckt hat. So bekam Fiona nur ungefähr mit, was geschah, und konnte ihren wahrscheinlich verkleideten Vater nicht identifizieren. Als wir sie gefunden haben, machte sie einen sehr schläfrigen Eindruck.«

»So ein Aas!«, zischte Salas und sah hinüber zu Colin. Der jedoch grinste Heather an, weil ihr eine Pekannuss in den Kakao gefallen war.

Der Erste Detektiv nickte. »Ja, und das alles nur, damit Cristobal Eindruck auf«, Justus zögerte und sah Vanessa von der Seite an, »Sie, Miss Goodstein, machen konnte. Und gestern am Strand hat er dann vollends Ihr Herz erobert.« Alle blickten Vanessa an.

Die junge Frau zog förmlich den Kopf ein und wusste nicht, wohin sie schauen sollte. Am liebsten wäre sie im Erdboden versunken. »Ich … ich«, stotterte sie, »fand ihn wirklich … toll. Aber das … ist vorbei.«

»Tja.« Peter kniff die Lippen zusammen. »Als Sie ihn allerdings gestern am Strand zu sich nach Hause eingeladen haben, um ihn Ihrem Vater vorzustellen, war das der Startschuss für die beiden Schurken.«

»Ich weiß«, flüsterte sie beschämt.

Goodstein lächelte ihr zu. »Ich habe durchaus auch meinen Teil zu der Sache beigetragen, Liebling. Wäre ich nicht so faul gewesen, hätten die beiden keine Chance gehabt.«

Es hatte sich herausgestellt, dass es Cristobals Aufgabe gewesen war, die Alarmanlage der Goodsteins auszuschalten, nachdem er im Haus war. Eigentlich war sie über einen zehnstelligen

Code gesichert. Aber Goodstein hatte sich einen einfachen An-aus-Schalter im Flur einbauen lassen, weil ihm die Eingabe des Codes oft zu lästig war. Kramer wiederum hatte das irgendwie, vielleicht per Fernglas, herausgefunden – und genau dafür brauchte er Cristobal: Alarmanlage ausschalten, eines der Fenster öffnen, Alarmanlage wieder einschalten, wenn alles vorbei war. Deswegen also war Cristobal einmal kurz auf die Toilette verschwunden, wie sich Vanessa und ihr Vater im Nachhinein erinnerten. Keiner hätte etwas gemerkt. Ein eigentlich perfekter Plan.

Goodstein strich sich über die Glatze und sah die Jungen der Reihe nach an. »Ohne euch wären meine wertvollsten Bilder auf Nimmerwiedersehen verschwunden. Sagt mir, was kann ich für euch tun?«

Bob machte sofort eine abwehrende Geste. »Wir nehmen kein Honorar für unsere Dienste. Ihre Zufriedenheit ist unser Lohn. Außerdem war ja Mr Salas unser Auftraggeber.«

»Der jetzt auch wieder um einiges ruhiger schlafen kann dank euch«, sagte Salas. »Danke, Jungs, vielen Dank. Ihr seid wirklich so gut, wie Christine gesagt hat. Oder noch viel besser.«

Vanessa blickte ihn überrascht an.

»Eine alte Freundin«, beeilte sich Salas zu sagen. »Sehr alt.«

Vanessa lächelte erleichtert. Goodstein und die drei ??? grinsten.

»Eines gibt es aber tatsächlich, was Sie für uns tun könnten«, meinte Justus. Die drei Jungen hatten das miteinander abgesprochen, sodass Peter und Bob wussten, was jetzt kam.

»Nämlich? Schieß los!«

»Es betrifft Mr Yamamoto. Wir haben uns gefragt, ob Sie nicht auf eine Anzeige gegen ihn verzichten könnten.«
»Und ob Sie ihm vielleicht seine Familienteetasse schenken könnten«, ergänzte Bob leise. »Er hängt doch so dran. Und ist doch eigentlich kein schlechter Mensch, oder?«
Goodstein runzelte die Stirn.
»Bitte, Daddy!«, kam Vanessa den dreien zu Hilfe. »Komm schon. Für mich!«
»Aber er hat bei uns eingebrochen!«, brummte Goodstein.
»Ja, und du hast ihm Spike und Chap auf den Hals gehetzt.«
»Das war doch nicht –«
»Komm schon, Daddy. Hab dich nicht so. Ist doch nur ’ne olle Tasse!«
»Aber eine wertvolle und schöne olle Tasse.«
»Die Sie aber nicht behalten dürften, wenn Mr Yamamoto recht hat«, sagte Justus. »Wenn sie Diebesgut ist, muss sie wieder ihrem ursprünglichen Besitzer zurückgegeben werden.«
Goodstein blickte seine Tochter an, musterte die drei ???, schaute hinüber zu seiner kleinen Heather, die eben Colin eine viel zu große Portion Kuchen in den Mund stopfte. Sein Gesicht hellte sich auf, der Ausdruck in seinen Augen wurde weicher. »Na gut«, grollte er. »Dann soll er sie eben haben, seine Familienteetasse.«
»Danke, Daddy! Danke!«
Auch Justus und Bob bedankten sich und freuten sich für Rikuo Yamamoto. Nur Peter sagte nichts. Er starrte auf den kleinen Fernseher, der leise auf der Anrichte lief. Düsteren Blickes stand er auf und deutete auf den Apparat.

»Da! Da ist er wieder!«
Alle schauten hinüber zu dem Fernseher.
»Der Typ! Der Lederjackenmann!«
Während der Zweite Detektiv zu der Anrichte lief, erkannten auch Justus und Bob den Mann aus dem Dead Man's Grave wieder. Schwarze Haare, dunkle Augen, Hakennase. Unverkennbar. Er hielt ein Mikrofon in der Hand und sprach in eine Kamera. Im Hintergrund war der Hafenplatz von Paradise Cove zu sehen.
»... stellten wir uns alle die Frage«, waren die ersten Worte, als Peter den Fernseher lauter gestellt hatte, »was ihn in diesen verschlafenen Küstenort verschlagen hat. Diese brandaktuellen Fotos dokumentieren seine Anwesenheit und liefern womöglich gleichzeitig die Antwort auf meine Frage.«
Fotos wurden eingeblendet, auf denen Peter zu sehen war. Peter allein, mit Jessy und Silvie, mit Jimmy Blue Eye, am Strand unter vielen Leuten, vor der Höhle, mit Justus und Bob.
»Könnte es sein«, fuhr der Mann fort, während Peters Augen immer größer wurden, »dass er hier eine neue Liebe gefunden hat? Oder hat er ein dunkles Geheimnis, das ihn mit diesen zwielichtigen Gestalten zusammengeführt hat? Ist Texas Lamarque doch nicht der strahlende Sonnyboy, als den wir ihn alle kennen? Mein Name ist Hank Bauers und ich bleibe für Sie an der Sache dran!« Der Mann tippte sich lässig an die Stirn, dann kam Werbung.
Peter drehte sich langsam zu den anderen um. Sein Gesichtsausdruck war irgendwo zwischen Fassungslosigkeit, Ärger und Ratlosigkeit einzuordnen.

»Damit hätte sich auch dieses Rätsel aufgelöst«, meinte Bob.
»Und ich fürchte«, setzte Justus hinzu, »dass du noch eine Zeit lang mit deiner Berühmtheit leben musst, Zweiter. Wenn für Texas alles gut läuft, dann zumindest bis zu seinem ersten Face-Lifting.«
Peter warf seinem Freund einen vernichtenden Blick zu. Dann entdeckte er einen Spiegel an der Wand und stellte sich davor. »Ich glaube, so lange werde ich das nicht aushalten. Bringt mir mal jemand eine Schere!«
»Eine Schere?«, rief Goodstein. »Was hast du vor?«
Der Zweite Detektiv deutete auf dessen kahles Haupt. »Ich finde Ihren Look gar nicht so übel. Ab morgen trage ich Glatze!«